La Morte amoureuse
et autres nouvelles

ÉTONNANTS • CLASSIQUES

THÉOPHILE GAUTIER

La Morte amoureuse
et autres nouvelles

Présentation, notes et dossier par
PERRINE DE LA ROCHE,
professeur de lettres

GF Flammarion

Le fantastique
dans la même collection

BRADBURY, *L'Heure H et autres nouvelles*

L'Homme brûlant et autres nouvelles

GOGOL, *Le Nez. Le Manteau*

HOFFMANN, *L'Enfant étranger*

L'Homme au sable

Le Violon de Crémone. Les Mines de Falun

KAFKA, *La Métamorphose*

MATHESON, *Au bord du précipice et autres nouvelles*

Enfer sur mesure et autres nouvelles

MAUPASSANT, *Le Horla et autres contes fantastiques*

MÉRIMÉE, *La Vénus d'Ille et autres contes fantastiques*

Nouvelles fantastiques I. Comment Wang-Fô fut sauvé et autres récits

POE, *Le Chat noir et autres contes*

POUCHKINE, *La Dame de pique et autres nouvelles*

ROSNY AÎNÉ, *La Mort de la terre*

SHELLEY, *Frankenstein*

STEVENSON, *Le Cas étrange du Dr Jekyll et de M. Hyde*

STOKER, *Dracula*

VILLIERS DE L'ISLE-ADAM, *Véra et autres nouvelles fantastiques*

WILDE, *Le Fantôme de Canterville et autres nouvelles*

Édition revue, 2007.
ISBN : 978-2-0812-0700-4
ISSN : 1269-8822

SOMMAIRE

PRÉSENTATION

Théophile Gautier, un conteur fantastique

Le nom de Théophile Gautier évoque peut-être pour vous *Le Capitaine Fracasse* ou *Le Roman de la momie*, mais saviez-vous qu'il avait consacré l'essentiel de son œuvre narrative à la littérature fantastique ? Dans *Omphale*, le narrateur, qui ressemble étrangement au jeune Gautier, déclare se destiner à « la profession de conteur fantastique » : un clin d'œil malicieux de l'auteur qui va effectivement écrire treize récits dans cette veine ! Après une première et brève vocation de peintre, il débute sa carrière à l'âge de vingt ans avec *La Cafetière*, conte publié en 1831. Trente-cinq ans plus tard, son dernier récit sera *Spirite*, sous-titré par l'auteur « nouvelle fantastique ».

Pourquoi ce besoin de revenir constamment à un genre si particulier ?

Fantastique et romantisme

Théophile Gautier n'est pas le seul écrivain de son époque à s'intéresser à ce type de récit. Au début du XIXe siècle, et notamment autour des années 1830, un nombre impressionnant de romans ou nouvelles fantastiques paraissent en France ; on assiste à une véritable explosion du genre.

Le mot fantastique, à l'origine synonyme d'imaginaire, prend dès lors un sens plus précis pour désigner un univers mystérieux où le surnaturel surgit brusquement dans le monde réel. Plusieurs artistes veulent donner à leur création une teinture « fantastique » : musiciens tels que Berlioz qui compose sa *Symphonie fantastique* en 1830, peintres visionnaires comme Delacroix illustrant le *Faust* de Goethe (histoire d'un homme qui vendit son âme au diable pour satisfaire un insatiable désir de jouissance et de connaissance) et surtout écrivains de cette génération romantique dont Gautier est l'un des principaux représentants.

C'est en effet à cette même époque que se révèle le romantisme français : un groupe de jeunes gens exaltés, contestataires, se réunit dans des ateliers d'artistes, des salons littéraires ou cénacles comme celui animé par Victor Hugo, pour définir un nouvel idéal politique et artistique. Toutes les occasions sont bonnes pour défendre leurs convictions ; la plus fameuse est la bataille d'*Hernani* livrée en 1830 par les troupes romantiques lors de la première représentation du drame de Hugo pour défendre une nouvelle forme de théâtre contre les partisans du théâtre classique (tel celui de Corneille et Racine). Gautier, alors âgé de dix-neuf ans et arborant avec provocation un gilet rouge écarlate, est l'un des plus bouillants militants de cette « révolution ».

Au même moment s'affirme sa vocation de conteur fantastique avec la publication de ses premiers récits où l'on trouve de nombreuses allusions à ses années de bohème artistique : les héros-narrateurs de *La Cafetière*, d'*Omphale* et du *Pied de momie* sont peintres, amateurs d'art et d'antiquités ou écrivains débutants comme Gautier et ses camarades ; comme eux, ils sont rêveurs, idéalistes, hantés par l'image d'une femme inaccessible et fascinés par des époques et des civilisations éloignées : le récit fantastique apparaît à Gautier comme un moyen de réaliser ses rêves.

Mais pour aborder ce genre littéraire, notre conteur a d'abord subi l'influence de quelques précurseurs...

Deux influences majeures : le roman noir et les contes d'Hoffmann

Gautier et les romantiques viennent de découvrir avec enthousiasme les romans noirs anglais appelés aussi romans gothiques, écrits à la fin du XVIIIe siècle : *Le Château d'Otrante* de Horace Walpole, *Le Moine* de Lewis par exemple, fascinent ces nouveaux lecteurs par leur univers de châteaux et de cimetières hantés, d'apparitions nocturnes et souvent démoniaques ; un climat d'angoisse en accord avec le goût du temps pour les ténèbres, les ruines et toutes les forces mystérieuses qui peuvent s'y déployer. Ainsi le héros de *La Morte amoureuse* et son mystérieux guide chevauchent vers le palais de Clarimonde sur « deux chevaux noirs comme la nuit », tels « deux spectres à cheval sur le cauchemar » dans un paysage d'épouvante. La scène finale d'exorcisme dans un cimetière rappelle également l'atmosphère macabre du roman gothique.

Mais la génération romantique s'enflamme surtout pour la littérature allemande et les *Contes* d'Hoffmann, traduits en français en 1829. Immédiatement, Gautier considère Hoffmann comme le grand maître du fantastique, qui devient un genre littéraire à part entière : il préface et commente ses œuvres et s'en inspire ouvertement pour *La Cafetière*, *Omphale* et *Onuphrius*, sous-titré « Les vexations fantastiques d'un admirateur d'Hoffmann ». Il emprunte même à l'auteur son prénom, Théodore, et celui de certains de ses personnages pour baptiser le narrateur de *La Cafetière*, son héroïne Angéla et le prêtre Sérapion dans *La Morte amoureuse* !

« Le merveilleux d'Hoffmann, écrit Gautier, a toujours un pied dans le monde réel. » Cette définition s'applique parfaitement à l'univers fantastique de Gautier : une situation initiale réaliste, souvent familière, comme dans *La Cafetière*, *Omphale* ou *Le Pied de momie*, et un dérapage soudain dans l'étrange ou le surnaturel suivi d'un retour brutal à la réalité... Avec ce « réalisme fantastique », nous sommes déjà assez loin des châteaux hantés et des moines démoniaques du roman gothique.

Gautier, un conteur original

Gautier va en effet prendre ses distances avec la mode du fantastique pour trouver son propre style et traduire ses obsessions personnelles.

Il exprime sa différence par l'humour : humour présent dans nos contes sous forme de clins d'œil malicieux ou désenchantés des narrateurs qui sont souvent les doubles du conteur ; humour à l'égard du genre fantastique, que Gautier ne semble jamais prendre tout à fait au sérieux. *Omphale* s'achève sur cette pirouette : « Et puis je ne suis plus assez jeune ni assez joli garçon pour que les tapisseries descendent du mur en mon honneur. »

Mais il prend aussi ses distances avec le romantisme en cultivant la beauté parfaite, ce qu'il appellera « l'art pour l'art ».

Art et amour impossible

Le culte de la beauté idéale est sans doute un des thèmes communs à tous les contes fantastiques de Gautier.

De sa première vocation de peintre et de la fréquentation assidue des ateliers et musées, il a gardé une véritable passion pour l'art ; les références à la peinture, à la sculpture et aux arts décoratifs abondent dans les *Contes fantastiques* : le mobilier régence, le style Pompadour, l'art égyptien y sont décrits avec un plaisir évident. C'est aussi avec ce regard de peintre qu'il fait le portrait des héroïnes des quatre contes.

La fascination pour la beauté est intimement liée à la recherche de l'amour idéal que Gautier semble avoir vainement poursuivi toute sa vie : la dernière phrase de *La Cafetière* : « Je venais de comprendre qu'il n'y avait plus pour moi de bonheur sur la terre » résonne comme une confidence de l'auteur. Chaque récit est une variation sur le thème romantique de l'amour impossible. Les mystérieuses apparitions – Angéla, Omphale, Clarimonde et Hermonthis – sont d'une beauté si parfaite qu'elle échappe à l'analyse et ne peut se décrire que par référence à des œuvres d'art dont elles sont d'ailleurs souvent les incarnations fugitives. Elles sont d'autant plus inaccessibles qu'elles appartiennent presque toutes à une autre époque – Antiquité égyptienne, Régence, passé plus ou moins lointain auquel elles initient le narrateur et le lecteur.

L'unité profonde des *Contes fantastiques* réside sans doute dans cette nostalgie d'un passé idéalisé que seul le rêve permet d'entrevoir, et si Gautier est toujours resté fidèle au fantastique, c'est peut-être qu'il lui permet de peindre ses rêves.

CHRONOLOGIE

1811 1872

1811 1872

■ Repères historiques et culturels

■ Vie et œuvre de l'auteur

Repères historiques et culturels

1804-1814	Premier Empire.
1815	Défaite de Napoléon à Waterloo.
1814-1824	Restauration (1) Règne de Louis XVIII.
1816	*Le Second Faust* de Goethe (traduit par Nerval en 1831).
1818	*Frankenstein* de Mary Shelley.
1822	*Contes fantastiques* de Nodier. *La Barque de Dante*, tableau de Delacroix.
1824-1830	Restauration (2) Règne de Charles X.
1829	Première traduction française des *Contes* d'Hoffmann.
1829	*Les Orientales* de Hugo.
1830	Les Trois Glorieuses : révolution de Juillet. Chute de Charles X.
1830-1848	Monarchie de Juillet : Règne de Louis-Philippe.
1830	*La Symphonie fantastique* de Berlioz. *Hernani*, drame de Hugo.
1831	*La Peau de chagrin* de Balzac.
1837	*La Vénus d'Ille* de Mérimée.

Vie et œuvre de l'auteur

1811 Naissance de Théophile Gautier, le 30 août, à Tarbes.

1814 La famille Gautier s'installe à Paris.

1822 Gautier est interne au collège Louis-le-Grand, puis externe au collège Charlemagne, où il rencontre Gérard de Nerval.

1829 Première vocation de Gautier : la peinture. Il fréquente les ateliers d'artistes puis abandonne la peinture pour la littérature. Il habite place Royale (actuelle place des Vosges) où Hugo sera son voisin.

1830 Il participe activement à la bataille d'*Hernani*, manifestation des jeunes romantiques.

1831 *La Cafetière.*

1832 *Contes : Onuphrius.*
Romans goguenards : les Jeunes-France.

1834 *Omphale.*
Gautier emménage impasse du Doyenné.
Vie de bohème avec Nerval et d'autres artistes.

1835 *Mademoiselle de Maupin.*
La Morte amoureuse.

1836 Début d'une longue collaboration à divers journaux et revues.

Repères historiques et culturels

1843-1851	*Voyage en Orient* de Nerval.
1845	*Histoires extraordinaires* de Poe.
1846	*La Damnation de Faust* de Berlioz.
1848	Révolution de février.
1848-1851	IIe République.
1851	Coup d'État de Louis-Napoléon Bonaparte.
1852-1870	Second Empire.
1855	Guerre de Crimée.
1854-1855	*Les Filles du feu*. *Aurélia* de Nerval.
1856	*Les Fleurs du mal* de Baudelaire dédiées « au poète impeccable, au parfait magicien, Théophile Gautier ». Traduction par Baudelaire des *Histoires extraordinaires* d'Edgar Poe. *Madame Bovary* de Flaubert.
1869	Inauguration du canal de Suez.
1870	Guerre franco-allemande.
1870	Début de la IIIe République.
1871	La Commune de Paris (mars-mai).

Vie et œuvre de l'auteur

1840 Première rencontre avec la danseuse Carlotta Grisi, le grand amour de sa vie, son inspiratrice.
Le Pied de momie. Le Chevalier double.

1843 Voyage en Espagne.
Poésies complètes.

1846 *Le Club des Hachichins.*

1850 Voyage en Italie (Naples, Venise, Pompéi).

1852 *Arria Marcella* (récit fantastique).
Émaux et Camées (poésie).
Voyage à Constantinople.

1856 *Avatar.*
Jettatura (récits fantastiques).

1857 *Le Roman de la momie.*

1861 Voyage en Russie.

1863 *Le Capitaine Fracasse.*

1866 *Spirite* (roman fantastique).

1869 Voyage en Égypte pour l'inauguration du canal de Suez.

1872 *Histoire du romantisme.*
23 octobre : mort de Gautier.

La Morte amoureuse
et autres nouvelles

La Cafetière

Conte fantastique

J'ai vu sous de sombres voiles
    Onze étoiles,
La lune, aussi le soleil,
Me faisant la révérence,
    En silence,
Tout le long de mon sommeil.

La Vision de Joseph.

I

L'année dernière, je fus invité, ainsi que deux de mes camarades d'atelier[1], Arrigo Cohic et Pedrino Borgnioli, à passer quelques jours dans une terre au fond de la Normandie.

Le temps, qui, à notre départ, promettait d'être superbe, s'avisa de changer tout à coup, et il tomba tant de pluie, que les chemins creux où nous marchions étaient comme le lit d'un torrent.

Nous enfoncions dans la bourbe jusqu'aux genoux, une couche épaisse de terre grasse s'était attachée aux semelles de nos bottes, et par sa pesanteur ralentissait tellement nos pas, que nous n'arrivâmes au lieu de notre destination qu'une heure après le coucher du soleil.

Nous étions harassés ; aussi, notre hôte, voyant les efforts que nous faisions pour comprimer nos bâillements et tenir les yeux ouverts, aussitôt que nous eûmes soupé, nous fit conduire chacun dans notre chambre.

La mienne était vaste ; je sentis, en y entrant, comme un frisson de fièvre, car il me sembla que j'entrais dans un monde nouveau.

En effet, l'on aurait pu se croire au temps de la Régence[2], à voir les dessus de porte de Boucher représentant les quatre

---

1. ***Camarades d'atelier*** : atelier de peinture.
2. ***Régence*** : règne de Philippe d'Orléans pendant la minorité de Louis XV (1715-1723).

Saisons, les meubles surchargés d'ornements de rocaille[1] du plus mauvais goût, et les trumeaux des glaces[2] sculptés lourdement.

Rien n'était dérangé. La toilette couverte de boîtes à peignes, de houppes à poudrer, paraissait avoir servi la veille. Deux ou trois robes de couleurs changeantes, un éventail semé de paillettes d'argent, jonchaient le parquet bien ciré, et, à mon grand étonnement, une tabatière d'écaille ouverte sur la cheminée était pleine de tabac encore frais.

Je ne remarquai ces choses qu'après que le domestique, déposant son bougeoir sur la table de nuit, m'eut souhaité un bon somme, et, je l'avoue, je commençai à trembler comme la feuille. Je me déshabillai promptement, je me couchai, et, pour en finir avec ces sottes frayeurs, je fermai bientôt les yeux en me tournant du côté de la muraille.

Mais il me fut impossible de rester dans cette position : le lit s'agitait sous moi comme une vague, mes paupières se retiraient violemment en arrière. Force me fut de me retourner et de voir.

Le feu qui flambait jetait des reflets rougeâtres dans l'appartement, de sorte qu'on pouvait sans peine distinguer les personnages de la tapisserie et les figures des portraits enfumés pendus à la muraille.

C'étaient les aïeux de notre hôte, des chevaliers bardés de fer, des conseillers en perruque, et de belles dames au visage fardé et aux cheveux poudrés à blanc, tenant une rose à la main.

Tout à coup le feu prit un étrange degré d'activité ; une lueur blafarde illumina la chambre, et je vis clairement que ce que j'avais pris pour de vaines peintures était la réalité ; car les prunelles de ces êtres encadrés remuaient, scintillaient d'une façon singulière ; leurs lèvres s'ouvraient et se fermaient comme des lèvres de gens

1. ***Rocaille (ou style rococo)*** : style décoratif en vogue sous la Régence et Louis XV, caractérisé par l'emploi d'arabesques et d'ornements représentant des grottes, rochers et coquillages.

2. ***Trumeaux des glaces*** : panneaux occupant l'espace entre deux glaces ou fenêtres.

qui parlent, mais je n'entendais rien que le tic-tac de la pendule et le sifflement de la bise d'automne.

Une terreur insurmontable s'empara de moi, mes cheveux se hérissèrent sur mon front, mes dents s'entrechoquèrent à se briser, une sueur froide inonda tout mon corps.

La pendule sonna onze heures. Le vibrement du dernier coup retentit longtemps, et, lorsqu'il fut éteint tout à fait...

Oh ! non, je n'ose pas dire ce qui arriva, personne ne me croirait, et l'on me prendrait pour un fou.

Les bougies s'allumèrent toutes seules ; le soufflet, sans qu'aucun être visible lui imprimât le mouvement, se prit à souffler le feu, en râlant comme un vieillard asthmatique, pendant que les pincettes fourgonnaient dans les tisons et que la pelle relevait les cendres.

Ensuite une cafetière se jeta en bas d'une table où elle était posée, et se dirigea, clopin-clopant, vers le foyer, où elle se plaça entre les tisons.

Quelques instants après, les fauteuils commencèrent à s'ébranler, et, agitant leurs pieds tortillés d'une manière surprenante, vinrent se ranger autour de la cheminée.

II

Je ne savais que penser de ce que je voyais ; mais ce qui me restait à voir était encore bien plus extraordinaire.

Un des portraits, le plus ancien de tous, celui d'un gros joufflu à barbe grise, ressemblant, à s'y méprendre, à l'idée que je me suis faite du vieux sir John Falstaff[1], sortit, en grimaçant, la tête de son cadre, et, après de grands efforts, ayant fait passer ses épaules et

1. ***John Falstaff*** : personnage incarnant le bon vivant dans le théâtre de Shakespeare, repris par Verdi dans l'opéra qui porte son nom.

son ventre rebondi entre les ais[1] étroits de la bordure, sauta lourdement par terre.

Il n'eut pas plutôt pris haleine, qu'il tira de la poche de son pourpoint une clef d'une petitesse remarquable ; il souffla dedans pour s'assurer si la forure[2] était bien nette, et il l'appliqua à tous les cadres les uns après les autres.

Et tous les cadres s'élargirent de façon à laisser passer aisément les figures qu'ils renfermaient.

Petits abbés poupins[3], douairières[4] sèches et jaunes, magistrats à l'air grave ensevelis dans de grandes robes noires, petits-maîtres[5] en bas de soie, en culotte de prunelle[6], la pointe de l'épée en haut, tous ces personnages présentaient un spectacle si bizarre, que, malgré ma frayeur, je ne pus m'empêcher de rire.

Ces dignes personnages s'assirent ; la cafetière sauta légèrement sur la table. Ils prirent le café dans des tasses du Japon blanches et bleues, qui accoururent spontanément de dessus un secrétaire, chacune d'elles munie d'un morceau de sucre et d'une petite cuiller d'argent.

Quand le café fut pris, tasses, cafetière et cuillers disparurent à la fois, et la conversation commença, certes la plus curieuse que j'aie jamais ouïe, car aucun de ces étranges causeurs ne regardait l'autre en parlant : ils avaient tous les yeux fixés sur la pendule.

Je ne pouvais moi-même en détourner mes regards et m'empêcher de suivre l'aiguille, qui marchait vers minuit à pas imperceptibles.

Enfin, minuit sonna ; une voix, dont le timbre était exactement celui de la pendule, se fit entendre et dit :

– Voilà l'heure, il faut danser.

---

1. ***Ais*** : planches.
2. ***Forure*** : trou, creux dans la tige d'une clef.
3. ***Poupins*** : aux joues pleines et roses.
4. ***Douairières*** : vieilles femmes de haut rang.
5. ***Petits-maîtres*** : jeunes nobles élégants et prétentieux.
6. ***Prunelle*** : étoffe de laine très solide.

Toute l'assemblée se leva. Les fauteuils se reculèrent de leur propre mouvement ; alors, chaque cavalier prit la main d'une dame, et la même voix dit :

– Allons, messieurs de l'orchestre, commencez !

J'ai oublié de dire que le sujet de la tapisserie était un concerto italien d'un côté, et de l'autre une chasse au cerf où plusieurs valets donnaient du cor. Les piqueurs [1] et les musiciens, qui, jusque-là, n'avaient fait aucun geste, inclinèrent la tête en signe d'adhésion.

Le maestro leva sa baguette, et une harmonie vive et dansante s'élança des deux bouts de la salle. On dansa d'abord le menuet [2].

Mais les notes rapides de la partition exécutée par les musiciens s'accordaient mal avec ces graves révérences : aussi chaque couple de danseurs, au bout de quelques minutes, se mit à pirouetter comme une toupie d'Allemagne. Les robes de soie des femmes, froissées dans ce tourbillon dansant, rendaient des sons d'une nature particulière ; on aurait dit le bruit d'ailes d'un vol de pigeons. Le vent qui s'engouffrait par-dessous les gonflait prodigieusement, de sorte qu'elles avaient l'air de cloches en branle.

L'archet des virtuoses passait si rapidement sur les cordes, qu'il en jaillissait des étincelles électriques. Les doigts des flûteurs se haussaient et se baissaient comme s'ils eussent été de vif-argent ; et tout cela formait un déluge de notes et de trilles si pressés et de gammes ascendantes et descendantes si entortillées, si inconcevables, que les démons eux-mêmes n'auraient pu deux minutes suivre une pareille mesure.

Aussi c'était pitié de voir tous les efforts de ces danseurs pour rattraper la cadence. Ils sautaient, cabriolaient, faisaient des ronds de jambe, des jetés battus et des entrechats de trois pieds de haut, tant que la sueur, leur coulant du front sur les yeux, leur emportait les mouches [3]

1. ***Piqueurs*** : valets qui s'occupent des chevaux à la chasse.
2. ***Menuet*** : danse à trois temps.
3. ***Mouches*** : petites rondelles de taffetas noir que les dames se collaient sur le visage par coquetterie.

et le fard. Mais ils avaient beau faire, l'orchestre les devançait toujours de trois ou quatre notes.

La pendule sonna une heure ; ils s'arrêtèrent. Je vis quelque chose qui m'était échappé : une femme qui ne dansait pas.

Elle était assise sur une bergère [1] au coin de la cheminée, et ne paraissait pas le moins du monde prendre part à ce qui se passait autour d'elle.

Jamais, même en rêve, rien d'aussi parfait ne s'était présenté à mes yeux ; une peau d'une blancheur éblouissante, des cheveux d'un blond cendré, de longs cils et des prunelles bleues, si claires et si transparentes, que je voyais son âme à travers aussi distinctement qu'un caillou au fond d'un ruisseau.

Et je sentis que, si jamais il m'arrivait d'aimer quelqu'un, ce serait elle. Je me précipitai hors du lit, d'où jusque-là je n'avais pu bouger, et je me dirigeai vers elle, conduit par quelque chose qui agissait en moi sans que je pusse m'en rendre compte ; et je me trouvai à ses genoux, une de ses mains dans les miennes, causant avec elle comme si je l'eusse connue depuis vingt ans.

Mais, par un prodige bien étrange, tout en lui parlant, je marquais d'une oscillation de tête la musique qui n'avait pas cessé de jouer ; et, quoique je fusse au comble du bonheur d'entretenir une aussi belle personne, les pieds me brûlaient de danser avec elle.

Cependant je n'osais lui en faire la proposition. Il paraît qu'elle comprit ce que je voulais, car, levant vers le cadran de l'horloge la main que je ne tenais pas :

– Quand l'aiguille sera là, nous verrons, mon cher Théodore.

Je ne sais comment cela se fit, je ne fus nullement surpris de m'entendre ainsi appeler par mon nom, et nous continuâmes à causer. Enfin, l'heure indiquée sonna, la voix au timbre d'argent vibra encore dans la chambre et dit :

– Angéla, vous pouvez danser avec monsieur, si cela vous fait plaisir, mais vous savez ce qui en résultera.

1. ***Bergère*** : large fauteuil à dossier rembourré.

– N'importe, répondit Angéla d'un ton boudeur.

Et elle passa son bras d'ivoire autour de mon cou.

– *Prestissimo*[1] *!* cria la voix.

Et nous commençâmes à valser. Le sein de la jeune fille touchait ma poitrine, sa joue veloutée effleurait la mienne, et son haleine suave flottait sur ma bouche.

Jamais de la vie je n'avais éprouvé une pareille émotion ; mes nerfs tressaillaient comme des ressorts d'acier, mon sang coulait dans mes artères en torrent de lave, et j'entendais battre mon cœur comme une montre accrochée à mes oreilles.

Pourtant cet état n'avait rien de pénible. J'étais inondé d'une joie ineffable[2] et j'aurais toujours voulu demeurer ainsi, et, chose remarquable, quoique l'orchestre eût triplé de vitesse, nous n'avions besoin de faire aucun effort pour le suivre.

Les assistants, émerveillés de notre agilité, criaient bravo, et frappaient de toutes leurs forces dans leurs mains, qui ne rendaient aucun son.

Angéla, qui jusqu'alors avait valsé avec une énergie et une justesse surprenantes, parut tout à coup se fatiguer ; elle pesait sur mon épaule comme si les jambes lui eussent manqué ; ses petits pieds, qui, une minute auparavant, effleuraient le plancher, ne s'en détachaient que lentement, comme s'ils eussent été chargés d'une masse de plomb.

– Angéla, vous êtes lasse, lui dis-je, reposons-nous.

– Je le veux bien, répondit-elle en s'essuyant le front avec son mouchoir. Mais, pendant que nous valsions, ils se sont tous assis ; il n'y a plus qu'un fauteuil, et nous sommes deux.

– Qu'est-ce que cela fait, mon bel ange ? Je vous prendrai sur mes genoux.

---

1. ***Prestissimo*** : d'un mouvement très rapide.
2. ***Ineffable*** : qui ne peut être exprimée.

III

Sans faire la moindre objection, Angéla s'assit, m'entourant de ses bras comme d'une écharpe blanche, cachant sa tête dans mon sein pour se réchauffer un peu, car elle était devenue froide comme un marbre.

Je ne sais pas combien de temps nous restâmes dans cette position, car tous mes sens étaient absorbés dans la contemplation de cette mystérieuse et fantastique créature.

Je n'avais plus aucune idée de l'heure ni du lieu ; le monde réel n'existait plus pour moi, et tous les liens qui m'y attachent étaient rompus ; mon âme, dégagée de sa prison de boue, nageait dans le vague et l'infini ; je comprenais ce que nul homme ne peut comprendre, les pensées d'Angéla se révélant à moi sans qu'elle eût besoin de parler ; car son âme brillait dans son corps comme une lampe d'albâtre [1], et les rayons partis de sa poitrine perçaient la mienne de part en part.

L'alouette chanta, une lueur pâle se joua sur les rideaux.

Aussitôt qu'Angéla l'aperçut, elle se leva précipitamment, me fit un geste d'adieu, et, après quelques pas, poussa un cri et tomba de sa hauteur.

Saisi d'effroi, je m'élançai pour la relever... Mon sang se fige rien que d'y penser : je ne trouvai rien que la cafetière brisée en mille morceaux.

À cette vue, persuadé que j'avais été le jouet de quelque illusion diabolique, une telle frayeur s'empara de moi, que je m'évanouis.

---

1. ***Albâtre*** : pierre blanche et translucide.

IV

Lorsque je repris connaissance, j'étais dans mon lit; Arrigo Cohic et Pedrino Borgnioli se tenaient debout à mon chevet.

Aussitôt que j'eus ouvert les yeux, Arrigo s'écria:

– Ah ! ce n'est pas dommage ! voilà bientôt une heure que je te frotte les tempes d'eau de Cologne. Que diable as-tu fait cette nuit ? Ce matin, voyant que tu ne descendais pas, je suis entré dans ta chambre, et je t'ai trouvé tout du long étendu par terre, en habit à la française [1], serrant dans tes bras un morceau de porcelaine brisée, comme si c'eût été une jeune et jolie fille.

– Pardieu ! c'est l'habit de noce de mon grand-père, dit l'autre en soulevant une des basques de soie fond rose à ramages verts. Voilà les boutons de strass [2] et de filigrane [3] qu'il nous vantait tant. Théodore l'aura trouvé dans quelque coin et l'aura mis pour s'amuser. Mais à propos de quoi t'es-tu trouvé mal ? ajouta Borgnioli. Cela est bon pour une petite maîtresse qui a des épaules blanches ; on la délace, on lui ôte ses colliers, son écharpe, et c'est une belle occasion de faire des minauderies [4].

– Ce n'est qu'une faiblesse qui m'a pris; je suis sujet à cela, répondis-je sèchement.

Je me levai, je me dépouillai de mon ridicule accoutrement.

Et puis l'on déjeuna.

Mes trois camarades mangèrent beaucoup et burent encore plus; moi, je ne mangeais presque pas, le souvenir de ce qui s'était passé me causait d'étranges distractions.

---

1. ***Habit à la française***: costume de cérémonie à collet droit et à longues basques ou pans.
2. ***Strass*** : verre coloré imitant les pierres précieuses.
3. ***Filigrane*** : filet d'or et d'argent.
4. ***Minauderies*** : coquetteries, mines affectées destinées à séduire.

Le déjeuner fini, comme il pleuvait à verse, il n'y eut pas moyen de sortir ; chacun s'occupa comme il put. Borgnioli tambourina des marches guerrières sur les vitres ; Arrigo et l'hôte firent une partie de dames ; moi, je tirai de mon album un carré de vélin, et je me mis à dessiner.

Les linéaments[1] presque imperceptibles tracés par mon crayon, sans que j'y eusse songé le moins du monde, se trouvèrent représenter avec la plus merveilleuse exactitude la cafetière qui avait joué un rôle si important dans les scènes de la nuit.

– C'est étonnant comme cette tête ressemble à ma sœur Angéla, dit l'hôte, qui, ayant terminé sa partie, me regardait travailler par-dessus mon épaule.

En effet, ce qui m'avait semblé tout à l'heure une cafetière était bien réellement le profil doux et mélancolique d'Angéla.

– De par tous les saints du paradis ! est-elle morte ou vivante ? m'écriai-je d'un ton de voix tremblant, comme si ma vie eût dépendu de sa réponse.

– Elle est morte, il y a deux ans, d'une fluxion de poitrine à la suite d'un bal.

– Hélas ! répondis-je douloureusement.

Et, retenant une larme qui était près de tomber, je replaçai le papier dans l'album.

Je venais de comprendre qu'il n'y avait plus pour moi de bonheur sur la terre !

1. ***Linéaments*** : contours, première ébauche d'un dessin.

Omphale

Histoire rococo[1]

1. ***Rococo*** : style décoratif en vogue sous la Régence et Louis XV, caractérisé par l'emploi d'arabesques et d'ornements représentant des grottes, rochers et coquillages.

Mon oncle, le chevalier de ***, habitait une petite maison donnant d'un côté sur la triste rue des Tournelles et de l'autre sur le triste boulevard Saint-Antoine. Entre le boulevard et le corps du logis, quelques vieilles charmilles[1] dévorées d'insectes et de mousse, étiraient piteusement leurs bras décharnés au fond d'une espèce de cloaque[2] encaissé par de noires et hautes murailles. Quelques pauvres fleurs étiolées penchaient languissamment la tête comme des jeunes filles poitrinaires[3], attendant qu'un rayon de soleil vînt sécher leurs feuilles à moitié pourries. Les herbes avaient fait irruption dans les allées, qu'on avait peine à reconnaître, tant il y avait longtemps que le râteau ne s'y était promené. Un ou deux poissons rouges flottaient plutôt qu'ils ne nageaient dans un bassin couvert de lentilles d'eau[4] et de plantes de marais.

Mon oncle appelait cela son jardin.

Dans le jardin de mon oncle, outre toutes les belles choses que nous venons de décrire, il y avait un pavillon passablement maussade, auquel, sans doute par antiphrase, il avait donné le nom de *Délices*. Il était dans un état de dégradation complète. Les

---

1. ***Charmille*** : allée bordée de charmes ou d'autres arbres formant une voûte.
2. ***Cloaque*** : lieu malpropre, infect.
3. ***Poitrinaires*** : tuberculeuses.
4. ***Lentilles d'eau*** : plantes vivant à la surface des eaux stagnantes.

murs faisaient ventre, de larges plaques de crépi s'étaient détachées et gisaient à terre entre les orties et la folle avoine ; une moisissure putride[1] verdissait les assises inférieures ; les bois des volets et des portes avaient joué, et ne fermaient plus ou fort mal. Une espèce de gros pot à feu avec des effluves rayonnantes formait le décor de l'entrée principale ; car, au temps de Louis XV, temps de la construction des *Délices*, il y avait toujours, par précaution, deux entrées. Des oves[2], des chicorées et des volutes surchargeaient la corniche toute démantelée par l'infiltration des eaux pluviales. Bref, c'était une fabrique[3] assez lamentable à voir que les *Délices* de mon oncle le chevalier de ***.

Cette pauvre ruine d'hier, aussi délabrée que si elle eût eu mille ans, ruine de plâtre et non de pierre, toute ridée, toute gercée, couverte de lèpre, rongée de mousse et de salpêtre[4], avait l'air d'un de ces vieillards précoces, usés par de sales débauches ; elle n'inspirait aucun respect, car il n'y a rien d'aussi laid et d'aussi misérable au monde qu'une vieille robe de gaze et un vieux mur de plâtre, deux choses qui ne doivent pas durer et qui durent.

C'était dans ce pavillon que mon oncle m'avait logé.

L'intérieur n'en était pas moins *rococo* que l'extérieur quoiqu'un peu mieux conservé. Le lit était de lampas[5] jaune à grandes fleurs blanches. Une pendule de rocaille[6] posait sur un piédouche[7] incrusté de nacre et d'ivoire. Une guirlande de roses pompon circulait coquettement autour d'une glace de Venise ; au-dessus des portes les quatre saisons étaient peintes en camaïeu[8]. Une belle dame, poudrée

---

1. ***Putride*** : pourrie, d'une odeur infecte.
2. ***Oves, chicorées, volutes*** : ornements décoratifs en forme d'œuf, de feuille de chicorée et de spirale.
3. ***Fabrique*** : petit pavillon décoratif situé dans un parc.
4. ***Salpêtre*** : dépôt de nitrates produit par l'humidité des murs d'un bâtiment.
5. ***Lampas*** : soierie orientale.
6. ***Rocaille*** : style décoratif surchargé, en vogue au XVIIIe siècle.
7. ***Piédouche*** : piédestal.
8. ***Camaïeu*** : peinture usant de tons différents d'une même couleur.

à frimas[1], avec un corset bleu de ciel et une échelle de rubans de la même couleur, un arc dans la main droite, une perdrix dans la main gauche, un croissant sur le front, un lévrier à ses pieds, se prélassait et souriait le plus gracieusement du monde dans un large cadre ovale. C'était une des anciennes maîtresses de mon oncle, qu'il avait fait peindre en Diane[2]. L'ameublement, comme on voit, n'était pas des plus modernes. Rien n'empêchait que l'on ne se crût au temps de la Régence[3], et la tapisserie mythologique qui tendait les murs complétait l'illusion on ne peut mieux.

La tapisserie représentait Hercule filant aux pieds d'Omphale[4]. Le dessin était tourmenté à la façon de Van Loo[5] et dans le style le plus *Pompadour*[6] qu'il soit possible d'imaginer. Hercule avait une quenouille entourée d'une faveur[7] couleur de rose ; il relevait son petit doigt avec une grâce toute particulière, comme un marquis qui prend une prise de tabac, en faisant tourner, entre son pouce et son index, une blanche flammèche de filasse[8], son cou nerveux était chargé de nœuds de rubans, de rosettes, de rangs de perles et de mille affiquets[9] féminins ; une large jupe gorge de pigeon[10], avec deux immenses paniers[11], achevait

---

1. ***Poudrée à frimas*** : coiffure recouverte d'une légère couche de poudre blanche selon la mode de l'époque.
2. ***Diane*** : chez les Romains, déesse de la chasse et de la lune.
3. ***Régence*** : voir note 2, p. 21.
4. ***Omphale*** : reine de Lydie dont s'éprit Hercule, si bien qu'il oublia ses exploits.
5. ***Van Loo*** : probablement Charles-André, dit Carle Van Loo (1705-1765) qui a peint de nombreux sujets mythologiques et des portraits de Mme de Pompadour.
6. ***Style Pompadour*** : la marquise de Pompadour était une des favorites de Louis XV ; elle a inspiré un style décoratif.
7. ***Faveur*** : ruban.
8. ***Filasse*** : filaments de chanvre ou de lin brut.
9. ***Affiquets*** : colifichets, petits bijoux.
10. ***Gorge de pigeon*** : d'une couleur à reflets changeants comme la gorge du pigeon.
11. ***Paniers*** : jupon bouffant garni d'une armature de baleines.

de donner un air tout à fait galant au héros vainqueur de monstres.

Omphale avait ses blanches épaules à moitié couvertes par la peau du lion de Némée [1], sa main frêle s'appuyait sur la noueuse massue de son amant ; ses beaux cheveux blond cendré avec un œil de poudre [2] descendaient nonchalamment le long de son cou, souple et onduleux comme un cou de colombe ; ses petits pieds, vrais pieds d'Espagnole ou de Chinoise, et qui eussent été au large dans la pantoufle de verre de Cendrillon, étaient chaussés de cothurnes [3] demi-antiques, lilas tendre, avec un semis de perles. Vraiment elle était charmante ! Sa tête se rejetait en arrière d'un air de crânerie adorable ; sa bouche se plissait et faisait une délicieuse petite moue ; sa narine était légèrement gonflée, ses joues un peu allumées ; un *assassin* [4], savamment placé, en rehaussait l'éclat d'une façon merveilleuse ; il ne lui manquait qu'une petite moustache pour faire un mousquetaire accompli.

Il y avait encore bien d'autres personnages dans la tapisserie, la suivante obligée, le petit Amour de rigueur ; mais ils n'ont pas laissé dans mon souvenir une silhouette assez distincte pour que je les puisse décrire.

En ce temps-là, j'étais fort jeune, ce qui ne veut pas dire que je sois très vieux aujourd'hui ; mais je venais de sortir du collège, et je restais chez mon oncle en attendant que j'eusse fait choix d'une profession. Si le bonhomme avait pu prévoir que j'embrasserais celle du conteur fantastique, nul doute qu'il ne m'eût mis à la porte et déshérité irrévocablement ; car il professait pour la littérature en général, et les auteurs en particulier, le dédain le plus

1. ***Lion de Némée*** : le premier des douze travaux d'Hercule consistait à abattre un lion qui dévastait la vallée de Némée. Il tua le lion et revêtit sa peau.
2. ***Un œil de poudre*** : un soupçon de poudre.
3. ***Cothurnes*** : chaussures montantes à semelle épaisse portées dans l'Antiquité.
4. ***Un assassin*** : petit rond de taffetas noir que les femmes se mettaient au-dessous de l'œil pour séduire.

aristocratique. En vrai gentilhomme qu'il était, il voulait faire pendre ou rouer de coups de bâton, par ses gens, tous ces petits grimauds [1] qui se mêlent de noircir du papier et parlent irrévérencieusement des personnes de qualité. Dieu fasse paix à mon pauvre oncle ! mais il n'estimait réellement au monde que l'épître à Zétulbé [2].

Donc je venais de sortir du collège. J'étais plein de rêves et d'illusions ; j'étais naïf autant et peut-être plus qu'une rosière de Salency [3]. Tout heureux de ne plus avoir de *pensums* [4] à faire, je trouvais que tout était pour le mieux dans le meilleur des mondes possibles. Je croyais à une infinité de choses ; je croyais à la bergère de M. de Florian, aux moutons peignés et poudrés à blanc ; je ne doutais pas un instant du troupeau de madame Deshoulières [5]. Je pensais qu'il y avait effectivement neuf muses, comme l'affirmait l'*Appendix de Diis et Heroïbus* du père Jouvency [6]. Mes souvenirs de Berquin et Gessner [7] me créaient un petit monde où tout était rose, bleu de ciel, et vert pomme. O sainte innocence ! *sancta simplicitas !* comme dit Méphistophélès [8].

Quand je me trouvai dans cette belle chambre, chambre à moi, à moi tout seul, je ressentis une joie à nulle autre seconde. J'inventoriai soigneusement jusqu'au moindre meuble ; je furetai

---

1. ***Grimaud*** : mauvais écrivain.
2. ***L'épître à Zétulbé*** : Zétulbé est sans doute une anagramme approximative de Belzébuth, le diable.
3. ***Une rosière de Salency*** : allusion à la fête locale instituée par saint Médard au Ve siècle et qui consistait à couronner de roses la jeune fille la plus sage.
4. ***Pensums*** : punitions dans les collèges.
5. ***Florian, madame Deshoulières*** : deux auteurs de fables ou récits situés dans une nature idéalisée, des pastorales ou bergeries.
6. ***Jouvency*** : auteur d'un abrégé de la mythologie antique utilisé dans les collèges.
7. ***Berquin et Gessner*** : écrivains du XVIIIe siècle, d'inspiration bucolique et sentimentale.
8. ***Méphistophélès*** : incarnation du diable, personnage du *Faust* de Goethe traduit par Nerval.

dans tous les coins, et je l'explorai dans tous les sens. J'étais au quatrième ciel, heureux comme un roi ou deux. Après le souper (car on soupait chez mon oncle), charmante coutume qui s'est perdue avec tant d'autres non moins charmantes que je regrette de tout ce que j'ai de cœur, je pris mon bougeoir et je me retirai, tant j'étais impatient de jouir de ma nouvelle demeure.

En me déshabillant, il me sembla que les yeux d'Omphale avaient remué ; je regardai plus attentivement, non sans un léger sentiment de frayeur, car la chambre était grande, et la faible pénombre lumineuse qui flottait autour de la bougie ne servait qu'à rendre les ténèbres plus visibles. Je crus voir qu'elle avait la tête tournée en sens inverse. La peur commençait à me travailler sérieusement ; je soufflai la lumière. Je me tournai du côté du mur, je mis mon drap par-dessus ma tête, je tirai mon bonnet jusqu'au menton, et je finis par m'endormir.

Je fus plusieurs jours sans oser jeter les yeux sur la maudite tapisserie.

Il ne serait peut-être pas inutile, pour rendre plus vraisemblable l'invraisemblable histoire que je vais raconter, d'apprendre à mes belles lectrices qu'à cette époque j'étais en vérité un assez joli garçon. J'avais les yeux les plus beaux du monde : je le dis parce qu'on me l'a dit ; un teint un peu plus frais que celui que j'ai maintenant, un vrai teint d'œillet ; une chevelure brune et bouclée que j'ai encore, et dix-sept ans que je n'ai plus. Il ne me manquait qu'une jolie marraine pour faire un très passable Chérubin [1] ; malheureusement la mienne avait cinquante-sept ans et trois dents, ce qui était trop d'un côté et pas assez de l'autre.

Un soir, pourtant, je m'aguerris au point de jeter un coup d'œil sur la belle maîtresse d'Hercule ; elle me regardait de l'air le plus triste et le plus langoureux du monde. Cette fois-là j'enfonçai mon bonnet jusque sur mes épaules et je fourrai ma tête sous le traversin.

---

1. ***Chérubin*** : le jeune page du *Mariage de Figaro* de Beaumarchais, type de l'adolescent qui s'éveille à l'amour.

Je fis cette nuit-là un rêve singulier, si toutefois c'était un rêve. J'entendis les anneaux des rideaux de mon lit glisser en criant sur leurs tringles, comme si l'on eût tiré précipitamment les courtines[1]. Je m'éveillai ; du moins dans mon rêve il me sembla que je m'éveillais. Je ne vis personne.

La lune donnait sur les carreaux et projetait dans la chambre sa lueur bleue et blafarde. De grandes ombres, des formes bizarres, se dessinaient sur le plancher et sur les murailles. La pendule sonna un quart ; la vibration fut longue à s'éteindre ; on aurait dit un soupir. Les pulsations du balancier, qu'on entendait parfaitement, ressemblaient à s'y méprendre au cœur d'une personne émue.

Je n'étais rien moins qu'à mon aise et je ne savais trop que penser.

Un furieux coup de vent fit battre les volets et ployer le vitrage de la fenêtre. Les boiseries craquèrent, la tapisserie ondula. Je me hasardai à regarder du côté d'Omphale, soupçonnant confusément qu'elle était pour quelque chose dans tout cela. Je ne m'étais pas trompé.

La tapisserie s'agita violemment. Omphale se détacha du mur et sauta légèrement sur le parquet ; elle vint à mon lit en ayant soin de se tourner du côté de l'endroit. Je crois qu'il n'est pas nécessaire de raconter ma stupéfaction. Le vieux militaire le plus intrépide n'aurait pas été trop rassuré dans une pareille circonstance, et je n'étais ni vieux ni militaire. J'attendis en silence la fin de l'aventure.

Une petite voix flûtée et perlée résonna doucement à mon oreille, avec ce grasseyement[2] mignard[3] affecté sous la Régence par les marquises et les gens du bon ton[4] :

« Est-ce que je te fais peur, mon enfant ? Il est vrai que tu n'es qu'un enfant ; mais cela n'est pas joli d'avoir peur des dames,

---

1. ***Courtines*** : rideaux de lit.
2. ***Grasseyement*** : prononciation des *r* du fond de la gorge.
3. ***Mignard*** : d'une grâce affectée, précieuse.
4. ***Les gens du bon ton*** : de bonnes manières.

surtout de celles qui sont jeunes et te veulent du bien ; cela n'est ni honnête ni français ; il faut te corriger de ces craintes-là. Allons, petit sauvage, quitte cette mine et ne te cache pas la tête sous les couvertures. Il y aura beaucoup à faire à ton éducation, et tu n'es guère avancé, mon beau page ; de mon temps les Chérubins étaient plus délibérés [1] que tu ne l'es.

– Mais, dame, c'est que…

– C'est que cela te semble étrange de me voir ici et non là, dit-elle en pinçant légèrement sa lèvre rouge avec ses dents blanches, et en étendant vers la muraille son doigt long et effilé. En effet, la chose n'est pas trop naturelle ; mais, quand je te l'expliquerais, tu ne la comprendrais guère mieux : qu'il te suffise donc de savoir que tu ne cours aucun danger.

– Je crains que vous ne soyez le… le…

– Le diable, tranchons le mot, n'est-ce pas ? c'est cela que tu voulais dire ; au moins tu conviendras que je ne suis pas trop noire pour un diable, et que, si l'enfer était peuplé de diables faits comme moi, on y passerait son temps aussi agréablement qu'en paradis. »

Pour montrer qu'elle ne se vantait pas, Omphale rejeta en arrière sa peau de lion et me fit voir des épaules et un sein d'une forme parfaite et d'une blancheur éblouissante.

« Eh bien ! qu'en dis-tu ? fit-elle d'un petit air de coquetterie satisfaite.

– Je dis que, quand vous seriez le diable en personne, je n'aurais plus peur, Madame Omphale.

– Voilà qui est parler ; mais ne m'appelez plus ni madame ni Omphale. Je ne veux pas être madame pour toi, et je ne suis pas plus Omphale que je ne suis le diable.

– Qu'êtes-vous donc, alors ?

– Je suis la marquise de T***. Quelque temps après mon mariage le marquis fit exécuter cette tapisserie pour mon

1. ***Délibérés*** : hardis.

appartement, et m'y fit représenter sous le costume d'Omphale ; lui-même y figure sous les traits d'Hercule. C'est une singulière idée qu'il a eue là ; car, Dieu le sait, personne au monde ne ressemblait moins à Hercule que le pauvre marquis. Il y a bien longtemps que cette chambre n'a été habitée. Moi, qui aime naturellement la compagnie, je m'ennuyais à périr, et j'en avais la migraine. Être avec mon mari, c'est être seule. Tu es venu, cela m'a réjouie ; cette chambre morte s'est ranimée, j'ai eu à m'occuper de quelqu'un. Je te regardais aller et venir, je t'écoutais dormir et rêver ; je suivais tes lectures. Je te trouvais bonne grâce, un air avenant, quelque chose qui me plaisait : je t'aimais enfin. Je tâchai de te le faire comprendre ; je poussais des soupirs, tu les prenais pour ceux du vent ; je te faisais des signes, je te lançais des œillades langoureuses, je ne réussissais qu'à te causer des frayeurs horribles. En désespoir de cause, je me suis décidée à la démarche inconvenante que je fais, et à te dire franchement ce que tu ne pouvais entendre à demi-mot. Maintenant que tu sais que je t'aime, j'espère que… »

La conversation en était là, lorsqu'un bruit de clef se fit entendre dans la serrure.

Omphale tressaillit et rougit jusque dans le blanc des yeux.

« Adieu ! dit-elle, à demain. » Et elle retourna à sa muraille à reculons, de peur sans doute de me laisser voir son envers.

C'était Baptiste qui venait chercher mes habits pour les brosser.

« Vous avez tort, monsieur, me dit-il, de dormir les rideaux ouverts. Vous pourriez vous enrhumer du cerveau ; cette chambre est si froide ! »

En effet, les rideaux étaient ouverts ; moi qui croyais n'avoir fait qu'un rêve, je fus très étonné, car j'étais sûr qu'on les avait fermés le soir.

Aussitôt que Baptiste fut parti, je courus à la tapisserie. Je la palpai dans tous les sens ; c'était bien une vraie tapisserie de laine, raboteuse au toucher comme toutes les tapisseries possibles. Omphale ressemblait au charmant fantôme de la nuit comme un mort ressemble à un vivant. Je relevai le pan ; le mur était plein ; il n'y avait ni panneau masqué ni porte dérobée. Je fis seulement cette remarque, que plusieurs fils étaient rompus dans le morceau de terrain où portaient les pieds d'Omphale. Cela me donna à penser.

Je fus toute la journée d'une distraction sans pareille ; j'attendais le soir avec inquiétude et impatience tout ensemble. Je me retirai de bonne heure, décidé à voir comment tout cela finirait. Je me couchai ; la marquise ne se fit pas attendre ; elle sauta à bas du trumeau [1] et vint tomber droit à mon lit ; elle s'assit à mon chevet, et la conversation commença.

Comme la veille, je lui fis des questions, je lui demandai des explications. Elle éludait les unes, répondait aux autres d'une manière évasive, mais avec tant d'esprit qu'au bout d'une heure je n'avais pas le moindre scrupule sur ma liaison avec elle.

Tout en parlant, elle passait ses doigts dans mes cheveux, me donnait de petits coups sur les joues et de légers baisers sur le front.

Elle babillait, elle babillait d'une manière moqueuse et mignarde, dans un style à la fois élégant et familier, et tout à fait grande dame, que je n'ai jamais retrouvé depuis dans personne.

Elle était assise d'abord sur la bergère [2] à côté du lit ; bientôt elle passa un de ses bras autour de mon cou, je sentais son cœur battre avec force contre moi. C'était bien une belle et charmante femme réelle, une véritable marquise, qui se trouvait à côté de moi. Pauvre écolier de dix-sept ans ! Il y avait de quoi en perdre la tête ; aussi je la perdis. Je ne savais pas trop ce qui allait se passer, mais je pressentais vaguement que cela ne pouvait plaire au marquis.

« Et monsieur le marquis, que va-t-il dire là-bas sur son mur ? »

La peau du lion était tombée à terre, et les cothurnes lilas tendre glacé d'argent gisaient à côté de mes pantoufles.

---

1. ***Trumeau*** : panneau mural.
2. ***Bergère*** : fauteuil.

« Il ne dira rien, reprit la marquise en riant de tout son cœur. Est-ce qu'il voit quelque chose ? D'ailleurs, quand il verrait, c'est le mari le plus philosophe et le plus inoffensif du monde ; il est habitué à cela. M'aimes-tu, enfant ?

– Oui, beaucoup, beaucoup... »

Le jour vint ; ma maîtresse s'esquiva.

La journée me parut d'une longueur effroyable. Le soir arriva enfin. Les choses se passèrent comme la veille, et la seconde nuit n'eut rien à envier à la première. La marquise était de plus en plus adorable. Ce manège se répéta pendant assez longtemps encore. Comme je ne dormais pas la nuit, j'avais tout le jour une espèce de somnolence qui ne parut pas de bon augure à mon oncle. Il se douta de quelque chose ; il écouta probablement à la porte, et entendit tout ; car un beau matin il entra dans ma chambre si brusquement, qu'Antoinette eut à peine le temps de remonter à sa place.

Il était suivi d'un ouvrier tapissier avec des tenailles et une échelle.

Il me regarda d'un air rogue[1] et sévère qui me fit voir qu'il savait tout.

« Cette marquise de T*** est vraiment folle ; où diable avait-elle la tête de s'éprendre d'un morveux de cette espèce ? fit mon oncle entre ses dents ; elle avait pourtant promis d'être sage !

Jean, décrochez cette tapisserie, roulez-la et portez-la au grenier. »

Chaque mot de mon oncle était un coup de poignard.

Jean roula mon amante Omphale, ou la marquise Antoinette de T***, avec Hercule, ou le marquis de T***, et porta le tout au grenier. Je ne pus retenir mes larmes.

Le lendemain, mon oncle me renvoya par la diligence de B*** chez mes respectables parents, auxquels, comme on pense bien, je ne soufflai pas mot de mon aventure.

---

1. ***Rogue*** : hautain et hargneux.

Mon oncle mourut ; on vendit sa maison et les meubles ; la tapisserie fut probablement vendue avec le reste.

Toujours est-il qu'il y a quelque temps, en furetant chez un marchand de bric-à-brac pour trouver des momeries [1], je heurtai du pied un gros rouleau tout poudreux et couvert de toiles d'araignée.

« Qu'est cela ? dis-je à l'Auvergnat.

– C'est une tapisserie rococo qui représente les amours de madame Omphale et de monsieur Hercule ; c'est du Beauvais [2], tout en soie et joliment conservé. Achetez-moi donc cela pour votre cabinet ; je ne vous le vendrai pas cher, parce que c'est vous. »

Au nom d'Omphale, tout mon sang reflua sur mon cœur.

« Déroulez cette tapisserie », fis-je au marchand d'un ton bref et entrecoupé comme si j'avais la fièvre.

C'était bien elle. Il me sembla que sa bouche me fit un gracieux sourire et que son œil s'alluma en rencontrant le mien.

« Combien en voulez-vous ?

– Mais je ne puis vous céder cela à moins de quatre cents francs, tout au juste.

– Je ne les ai pas sur moi. Je m'en vais les chercher ; avant une heure je suis ici. »

Je revins avec l'argent ; la tapisserie n'y était plus. Un Anglais l'avait marchandée pendant mon absence, en avait donné six cents francs et l'avait emportée.

Au fond, peut-être vaut-il mieux que cela se soit passé ainsi et que j'aie gardé intact ce délicieux souvenir. On dit qu'il ne faut pas revenir sur ses premières amours ni aller voir la rose qu'on a admirée la veille.

Et puis je ne suis plus assez jeune ni assez joli garçon pour que les tapisseries descendent du mur en mon honneur.

---

1. ***Momeries*** : menus objets, déguisements.
2. ***Beauvais*** : tapisseries de Beauvais.

La Morte amoureuse[1]

1. *La Morte amoureuse* a paru d'abord dans *La Chronique de Paris* des 23 et 26 juin 1836. Gautier a repris son récit dans *Une larme du diable*, Desessart, 1839, puis dans *Nouvelles*, Charpentier, 1845.
L'œuvre porte l'empreinte de l'influence des *Élixirs du diable* d'Hoffmann, ne fût-ce qu'à travers le thème du dédoublement ou de la vie dédoublée.

Vous me demandez, frère[1], si j'ai aimé ; oui. C'est une histoire singulière et terrible, et, quoique j'aie soixante-six ans, j'ose à peine remuer la cendre de ce souvenir. Je ne veux rien vous refuser, mais je ne ferais pas à une âme moins éprouvée un pareil récit. Ce sont des événements si étranges, que je ne puis croire qu'ils me soient arrivés. J'ai été pendant plus de trois ans le jouet d'une illusion singulière et diabolique. Moi, pauvre prêtre de campagne, j'ai mené en rêve toutes les nuits (Dieu veuille que ce soit un rêve !) une vie de damné, une vie de mondain et de Sardanapale[2]. Un seul regard trop plein de complaisance jeté sur une femme pensa[3] causer la perte de mon âme ; mais enfin, avec l'aide de Dieu et de mon saint patron[4], je suis parvenu à chasser l'esprit malin qui s'était emparé de moi. Mon existence s'était compliquée d'une existence nocturne entièrement différente. Le jour, j'étais un prêtre du Seigneur, chaste, occupé de la prière et des choses saintes ; la nuit, dès que j'avais fermé les yeux, je devenais un jeune seigneur, fin connaisseur en femmes, en chiens et en chevaux, jouant aux dés, buvant et blasphémant[5], et lorsqu'au lever de l'aube je me

1. ***Frère*** : le narrateur est censé se confesser à un autre ecclésiastique.
2. ***Sardanapale*** : roi d'Assyrie qui mena une vie de débauche et mourut avec ses femmes et ses trésors.
3. ***Pensa*** : faillit, manqua.
4. ***Saint patron*** : son saint protecteur.
5. ***Blasphémant*** : outrageant, profanant le sacré, Dieu et la religion.

réveillais, il me semblait au contraire que je m'endormais et que je rêvais que j'étais prêtre. De cette vie somnambulique il m'est resté des souvenirs d'objets et de mots dont je ne puis pas me défendre, et, quoique je ne sois jamais sorti des murs de mon presbytère, on dirait plutôt, à m'entendre, un homme ayant usé de tout et revenu du monde, qui est entré en religion et qui veut finir dans le sein de Dieu des jours trop agités, qu'un humble séminariste [1] qui a vieilli dans une cure [2] ignorée, au fond d'un bois et sans aucun rapport avec les choses du siècle.

Oui, j'ai aimé comme personne au monde n'a aimé, d'un amour insensé et furieux, si violent que je suis étonné qu'il n'ait pas fait éclater mon cœur. Ah ! quelles nuits ! quelles nuits !

Dès ma plus tendre enfance, je m'étais senti de la vocation pour l'état de prêtre ; aussi toutes mes études furent-elles dirigées dans ce sens-là, et ma vie, jusqu'à vingt-quatre ans, ne fut-elle qu'un long noviciat [3]. Ma théologie [4] achevée, je passai successivement par tous les petits ordres [5], et mes supérieurs me jugèrent digne, malgré ma grande jeunesse, de franchir le dernier et redoutable degré. Le jour de mon ordination [6] fut fixé à la semaine de Pâques.

Je n'étais jamais allé dans le monde ; le monde, c'était pour moi l'enclos du collège et du séminaire. Je savais vaguement qu'il y avait quelque chose que l'on appelait femme, mais je n'y arrêtais pas ma pensée ; j'étais d'une innocence parfaite. Je ne voyais ma mère vieille et infirme que deux fois l'an. C'étaient là toutes mes relations avec le dehors.

Je ne regrettais rien, je n'éprouvais pas la moindre hésitation devant cet engagement irrévocable ; j'étais plein de joie et d'impatience. Jamais jeune fiancé n'a compté les heures avec une ardeur

1. ***Séminariste*** : élève d'un établissement religieux se destinant à la prêtrise.
2. ***Cure*** : paroisse du curé.
3. ***Noviciat*** : période d'épreuve des séminaristes avant la prêtrise.
4. ***Théologie*** : étude des questions relatives à la religion.
5. ***Petits ordres*** : premiers degrés de la hiérarchie cléricale avant la prêtrise.
6. ***Ordination*** : cérémonie d'accession à la prêtrise.

plus fiévreuse ; je n'en dormais pas, je rêvais que je disais la messe ; être prêtre, je ne voyais rien de plus beau au monde : j'aurais refusé d'être roi ou poète. Mon ambition ne concevait pas au-delà.

Ce que je dis là est pour vous montrer combien ce qui m'est arrivé ne devait pas m'arriver, et de quelle fascination inexplicable j'ai été la victime.

Le grand jour venu, je marchai à l'église d'un pas si léger, qu'il me semblait que je fusse soutenu en l'air ou que j'eusse des ailes aux épaules. Je me croyais un ange, et je m'étonnais de la physionomie sombre et préoccupée de mes compagnons ; car nous étions plusieurs. J'avais passé la nuit en prières, et j'étais dans un état qui touchait presque à l'extase. L'évêque, vieillard vénérable, me paraissait Dieu le Père penché sur son éternité, et je voyais le ciel à travers les voûtes du temple.

Vous savez les détails de cette cérémonie : la bénédiction, la communion sous les deux espèces [1], l'onction de la paume des mains [2] avec l'huile des catéchumènes, et enfin le saint sacrifice offert de concert avec l'évêque. Je ne m'appesantirai pas sur cela. Oh ! que Job [3] a raison, et que celui-là est imprudent qui ne conclut pas un pacte avec ses yeux ! Je levai par hasard ma tête, que j'avais jusque-là tenue inclinée, et j'aperçus devant moi, si près que j'aurais pu la toucher, quoique en réalité elle fût à une assez grande distance et de l'autre côté de la balustrade, une jeune femme d'une beauté rare et vêtue avec une magnificence royale. Ce fut comme si des écailles me tombaient des prunelles. J'éprouvai la sensation d'un aveugle qui recouvrerait subitement la vue. L'évêque, si rayonnant tout à l'heure, s'éteignit tout à coup, les cierges pâlirent sur leurs chandeliers d'or comme les

---

1. ***Communion sous les deux espèces*** : communion avec le pain (corps du Christ) et le vin (sang du Christ).
2. ***Onction de la paume des mains*** : rite qui consiste à frotter la paume des mains du futur prêtre avec une huile consacrée.
3. ***Job*** : personnage de la Bible incarnant le juste soumis à la tentation : il avait fait serment de ne jamais regarder aucune jeune fille.

étoiles au matin, et il se fit par toute l'église une complète obscurité. La charmante créature se détachait sur ce fond d'ombre comme une révélation angélique ; elle semblait éclairée d'elle-même et donner le jour plutôt que le recevoir.

Je baissai la paupière, bien résolu à ne plus la relever pour me soustraire à l'influence des objets extérieurs ; car la distraction m'envahissait de plus en plus, et je savais à peine ce que je faisais.

Une minute après, je rouvris les yeux, car à travers mes cils je la voyais étincelante des couleurs du prisme, et dans une pénombre pourprée comme lorsqu'on regarde le soleil.

Oh ! comme elle était belle ! Les plus grands peintres, lorsque, poursuivant dans le ciel, la beauté idéale, ils ont rapporté sur la terre le divin portrait de la Madone [1], n'approchent même pas de cette fabuleuse réalité. Ni les vers du poète ni la palette du peintre n'en peuvent donner une idée. Elle était assez grande, avec une taille et un port de déesse ; ses cheveux, d'un blond doux, se séparaient sur le haut de sa tête et coulaient sur ses tempes comme deux fleuves d'or ; on aurait dit une reine avec son diadème ; son front, d'une blancheur bleuâtre et transparente, s'étendait large et serein sur les arcs de deux cils presque bruns, singularité qui ajoutait encore à l'effet de prunelles vert de mer [2] d'une vivacité et d'un éclat insoutenables. Quels yeux ! avec un éclair ils décidaient de la destinée d'un homme ; ils avaient une vie, une limpidité, une ardeur, une humidité brillante que je n'ai jamais vues à un œil humain ; il s'en échappait des rayons pareils à des flèches et que je voyais distinctement aboutir à mon cœur. Je ne sais si la flamme qui les illuminait venait du ciel ou de l'enfer, mais à coup sûr elle venait de l'un ou de l'autre. Cette femme était un ange ou un démon, et peut-être tous les deux ; elle ne sortait certainement pas du flanc d'Ève, la mère commune. Des dents du plus bel orient [3]

---

1. ***Madone*** : image de la Vierge, généralement avec l'Enfant Jésus.
2. ***Prunelles vert de mer*** : les yeux verts sont, selon certaines légendes, un signe diabolique.
3. ***Orient*** : éclat d'une perle rappelant la lumière du soleil levant.

scintillaient dans son rouge sourire, et de petites fossettes se creusaient à chaque inflexion de sa bouche dans le satin rose de ses adorables joues. Pour son nez, il était d'une finesse et d'une fierté toute royale et décelait la plus noble origine. Des luisants d'agate[1] jouaient sur la peau unie et lustrée de ses épaules à demi découvertes, et des rangs de grosses perles blondes, d'un ton presque semblable à son cou, lui descendaient sur la poitrine. De temps en temps elle redressait sa tête avec un mouvement onduleux de couleuvre ou de paon qui se rengorge, et imprimait un léger frisson à la haute fraise brodée à jour[2] qui l'entourait comme un treillis[3] d'argent.

Elle portait une robe de velours nacarat[4], et de ses larges manches doublées d'hermine[5] sortaient des mains patriciennes[6] d'une délicatesse infinie, aux doigts longs et potelés, et d'une si idéale transparence qu'ils laissaient passer le jour comme ceux de l'Aurore.

Tous ces détails me sont encore aussi présents que s'ils dataient d'hier, et, quoique je fusse dans un trouble extrême, rien ne m'échappait : la plus légère nuance, le petit point noir au coin du menton, l'imperceptible duvet aux commissures des lèvres, le velouté du front, l'ombre tremblante des cils sur les joues, je saisissais tout avec une lucidité étonnante.

À mesure que je la regardais, je sentais s'ouvrir dans moi des portes qui jusqu'alors avaient été fermées ; des soupiraux obstrués se débouchaient dans tous les sens et laissaient entrevoir des perspectives inconnues ; la vie m'apparaissait sous un aspect tout autre ; je venais de naître à un nouvel ordre d'idées. Une angoisse effroyable me tenaillait le cœur ; chaque minute qui s'écoulait me

---

1. ***Luisants d'agate*** : bijoux aux reflets changeants.
2. ***Fraise brodée à jour*** : grande collerette de dentelle empesée.
3. ***Treillis*** : ouvrage de métal qui imite les mailles d'un filet.
4. ***Nacarat*** : rouge clair.
5. ***Hermine*** : fourrure blanche.
6. ***Patriciennes*** : aristocratiques.

semblait une seconde et un siècle. La cérémonie avançait cependant, et j'étais emporté bien loin du monde dont mes désirs naissants assiégeaient furieusement l'entrée. Je dis oui cependant, lorsque je voulais dire non, lorsque tout en moi se révoltait et protestait contre la violence que ma langue faisait à mon âme : une force occulte[1] m'arrachait malgré moi les mots du gosier. C'est là peut-être ce qui fait que tant de jeunes filles marchent à l'autel avec la ferme résolution de refuser d'une manière éclatante l'époux qu'on leur impose, et que pas une seule n'exécute son projet. C'est là sans doute ce qui fait que tant de pauvres novices prennent le voile, quoique bien décidées à le déchirer en pièces au moment de prononcer leurs vœux. On n'ose causer un tel scandale devant tout le monde ni tromper l'attente de tant de personnes ; toutes ces volontés, tous ces regards semblent peser sur vous comme une chape de plomb : et puis les mesures sont si bien prises, tout est si bien réglé à l'avance, d'une façon si évidemment irrévocable, que la pensée cède au poids de la chose et s'affaisse complètement.

Le regard de la belle inconnue changeait d'expression selon le progrès de la cérémonie. De tendre et caressant qu'il était d'abord, il prit un air de dédain et de mécontentement comme de ne pas avoir été compris.

Je fis un effort suffisant pour arracher une montagne, pour m'écrier que je ne voulais pas être prêtre ; mais je ne pus en venir à bout ; ma langue resta clouée à mon palais, et il me fut impossible de traduire ma volonté par le plus léger mouvement négatif. J'étais, tout éveillé, dans un état pareil à celui du cauchemar, où l'on veut crier un mot dont votre vie dépend, sans en pouvoir venir à bout.

Elle parut sensible au martyre que j'éprouvais, et, comme pour m'encourager, elle me lança une œillade pleine de divines promesses. Ses yeux étaient un poème dont chaque regard formait un chant.

---

1. ***Occulte*** : secrète.

Elle me disait :

« Si tu veux être à moi, je te ferai plus heureux que Dieu lui-même dans son paradis ; les anges te jalouseront. Déchire ce funèbre linceul où tu vas t'envelopper ; je suis la beauté, je suis la jeunesse, je suis la vie ; viens à moi, nous serons l'amour. Que pourrait t'offrir Jéhovah[1] pour compensation ? Notre existence coulera comme un rêve et ne sera qu'un baiser éternel.

« Répands le vin de ce calice[2], et tu es libre. Je t'emmènerai vers les îles inconnues ; tu dormiras sur mon sein, dans un lit d'or massif et sous un pavillon d'argent ; car je t'aime et je veux te prendre à ton Dieu, devant qui tant de nobles cœurs répandent des flots d'amour qui n'arrivent pas jusqu'à lui. »

Il me semblait entendre ces paroles sur un rythme d'une douceur infinie, car son regard avait presque la sonorité, et les phrases que ses yeux m'envoyaient retentissaient au fond de mon cœur comme si une bouche invisible les eût soufflées dans mon âme. Je me sentais prêt à renoncer à Dieu, et cependant mon cœur accomplissait machinalement les formalités de la cérémonie. La belle me jeta un second coup d'œil si suppliant, si désespéré, que des larmes acérées me traversèrent le cœur, que je me sentis plus de glaives dans la poitrine que la mère des douleurs.

C'en était fait, j'étais prêtre.

Jamais physionomie humaine ne peignit une angoisse aussi poignante ; la jeune fille qui voit tomber son fiancé mort subitement à côté d'elle, la mère auprès du berceau vide de son enfant, Ève assise sur le seuil de la porte du paradis, l'avare qui trouve une pierre à la place de son trésor, le poète qui a laissé rouler dans le feu le manuscrit unique de son plus bel ouvrage, n'ont point un air plus atterré et plus inconsolable. Le sang abandonna complètement sa charmante figure, et elle devint d'une blancheur de

1. ***Jéhovah*** : nom de Dieu dans l'Ancien Testament.
2. ***Calice*** : vase contenant le vin consacré pour la célébration de la messe.

marbre ; ses beaux bras tombèrent le long de son corps, comme si les muscles en avaient été dénoués, et elle s'appuya contre un pilier, car ses jambes fléchissaient et se dérobaient sous elle. Pour moi, livide, le front inondé d'une sueur plus sanglante que celle du Calvaire [1], je me dirigeai en chancelant vers la porte de l'église ; j'étouffais ; les voûtes s'aplatissaient sur mes épaules, et il me semblait que ma tête soutenait seule tout le poids de la coupole.

Comme j'allais franchir le seuil, une main s'empara brusquement de la mienne ; une main de femme ! Je n'en avais jamais touché. Elle était froide comme la peau d'un serpent, et l'empreinte m'en resta brûlante comme la marque d'un fer rouge. C'était elle : « Malheureux ! malheureux ! qu'as-tu fait ? », me dit-elle à voix basse ; puis elle disparut dans la foule.

Le vieil évêque passa ; il me regarda d'un air sévère. Je faisais la plus étrange contenance du monde ; je pâlissais, je rougissais, j'avais des éblouissements. Un de mes camarades eut pitié de moi, il me prit et m'emmena ; j'aurais été incapable de retrouver tout seul le chemin du séminaire. Au détour d'une rue, pendant que le jeune prêtre tournait la tête d'un autre côté, un page nègre, bizarrement vêtu, s'approcha de moi, et me remit, sans s'arrêter dans sa course, un petit portefeuille à coins d'or ciselés, en me faisant signe de le cacher ; je le fis glisser dans ma manche et l'y tins jusqu'à ce que je fusse seul dans ma cellule. Je fis sauter le fermoir, il n'y avait que deux feuilles avec ces mots : « Clarimonde, au palais Concini. » J'étais alors si peu au courant des choses de la vie, que je ne connaissais pas Clarimonde, malgré sa célébrité, et que j'ignorais complètement où était situé le palais Concini. Je fis mille conjectures, plus extravagantes les unes que les autres ; mais à la vérité, pourvu que je pusse la revoir, j'étais fort peu inquiet de ce qu'elle pouvait être, grande dame ou courtisane.

Cet amour né tout à l'heure s'était indestructiblement enraciné ; je ne songeai même pas à essayer de l'arracher, tant je

1. ***Calvaire*** : colline sur laquelle le Christ fut crucifié.

sentais que c'était là chose impossible. Cette femme s'était complètement emparée de moi, un seul regard avait suffi pour me changer; elle m'avait soufflé sa volonté; je ne vivais plus dans moi, mais dans elle et par elle. Je faisais mille extravagances, je baisais sur ma main la place qu'elle avait touchée, et je répétais son nom des heures entières. Je n'avais qu'à fermer les yeux pour la voir aussi distinctement que si elle eût été présente en réalité, et je me redisais ces mots, qu'elle m'avait dits sous le portail de l'église: «Malheureux! malheureux! qu'as-tu fait?» Je comprenais toute l'horreur de ma situation, et les côtés funèbres et terribles de l'état que je venais d'embrasser se révélaient clairement à moi. Être prêtre! c'est-à-dire chaste, ne pas aimer, ne distinguer ni le sexe ni l'âge, se détourner de toute beauté, se crever les yeux, ramper sous l'ombre glaciale d'un cloître ou d'une église, ne voir que des mourants, veiller auprès de cadavres inconnus et porter soi-même son deuil sur sa soutane[1] noire, de sorte que l'on peut faire de votre habit un drap pour votre cercueil!

Et je sentais la vie monter en moi comme un lac intérieur qui s'enfle et qui déborde; mon sang battait avec force dans mes artères; ma jeunesse, si longtemps comprimée, éclatait tout d'un coup comme l'aloès qui met cent ans à fleurir et qui éclôt avec un coup de tonnerre.

Comment faire pour revoir Clarimonde? Je n'avais aucun prétexte pour sortir du séminaire, ne connaissant personne dans la ville; je n'y devais même pas rester, et j'y attendais seulement que l'on me désignât la cure que je devais occuper. J'essayai de desceller les barreaux de la fenêtre; mais elle était à une hauteur effrayante, et n'ayant pas d'échelle, il n'y fallait pas penser. Et d'ailleurs je ne pouvais descendre que de nuit; et comment me serais-je conduit dans l'inextricable dédale des rues? Toutes ces difficultés, qui n'eussent rien été pour d'autres, étaient immenses pour moi, pauvre séminariste, amoureux d'hier, sans expérience, sans argent et sans habits.

1. ***Soutane***: longue robe noire des prêtres.

Ah ! si je n'eusse pas été prêtre, j'aurais pu la voir tous les jours ; j'aurais été son amant, son époux, me disais-je dans mon aveuglement ; au lieu d'être enveloppé dans mon triste suaire [1], j'aurais des habits de soie et de velours, des chaînes d'or, une épée et des plumes comme les beaux jeunes cavaliers. Mes cheveux, au lieu d'être déshonorés par une large tonsure [2], se joueraient autour de mon cou en boucles ondoyantes. J'aurais une belle moustache cirée, je serais un vaillant. Mais une heure passée devant un autel, quelques paroles à peine articulées, me retranchaient à tout jamais du nombre des vivants, et j'avais scellé moi-même la pierre de mon tombeau, j'avais poussé de ma main le verrou de ma prison !

Je me mis à la fenêtre. Le ciel était admirablement bleu, les arbres avaient mis leur robe de printemps ; la nature faisait parade d'une joie ironique. La place était pleine de monde : les uns allaient, les autres venaient ; de jeunes muguets [3] et de jeunes beautés, couple par couple, se dirigeaient du côté du jardin et des tonnelles. Des compagnons passaient en chantant des refrains à boire ; c'était un mouvement, une vie, un entrain, une gaieté qui faisaient péniblement ressortir mon deuil et ma solitude. Une jeune mère, sur le pas de la porte, jouait avec son enfant ; elle baisait sa petite bouche rose, encore emperlée de gouttes de lait, et lui faisait, en l'agaçant, mille de ces divines puérilités que les mères seules savent trouver. Le père, qui se tenait debout à quelque distance, souriait doucement à ce charmant groupe, et ses bras croisés pressaient sa joie sur son cœur. Je ne pus supporter ce spectacle ; je fermai la fenêtre, et je me jetai sur mon lit avec une haine et une jalousie effroyables dans le cœur, mordant mes doigts et ma couverture comme un tigre à jeun depuis trois jours.

Je ne sais pas combien de jours je restai ainsi ; mais, en me retournant dans un mouvement de spasme furieux, j'aperçus

1. ***Suaire*** : drap dans lequel on ensevelit un mort.
2. ***Tonsure*** : calvitie circulaire au sommet de la tête des ecclésiastiques.
3. ***Muguets*** : jeunes élégants efféminés.

l'abbé Sérapion[1] qui se tenait debout au milieu de la chambre et qui me considérait attentivement. J'eus honte de moi-même, et, laissant tomber ma tête sur ma poitrine, je voilai mes yeux avec mes mains.

« Romuald, mon ami, il se passe quelque chose d'extraordinaire en vous, me dit Sérapion au bout de quelques minutes de silence ; votre conduite est vraiment inexplicable ! Vous, si pieux, si calme et si doux, vous vous agitez dans votre cellule comme une bête fauve. Prenez garde, mon frère, et n'écoutez pas les suggestions du diable ; l'esprit malin, irrité de ce que vous vous êtes à tout jamais consacré au Seigneur, rôde autour de vous comme un loup ravissant et fait un dernier effort pour vous attirer à lui. Au lieu de vous laisser abattre, mon cher Romuald, faites-vous une cuirasse de prières, un bouclier de mortifications[2], et combattez vaillamment l'ennemi ; vous le vaincrez. L'épreuve est nécessaire à la vertu et l'or sort plus fin de la coupelle[3]. Ne vous effrayez ni ne vous découragez ; les âmes les mieux gardées et les plus affermies ont eu de ces moments. Priez, jeûnez, méditez, et le mauvais esprit se retirera. »

Le discours de l'abbé Sérapion me fit rentrer en moi-même, et je devins un peu plus calme. « Je venais vous annoncer votre nomination à la cure de C*** ; le prêtre qui la possédait vient de mourir, et monseigneur l'évêque m'a chargé d'aller vous y installer ; soyez prêt pour demain. » Je répondis d'un signe de tête que je le serais, et l'abbé se retira. J'ouvris mon missel[4], et je commençai à lire des prières ; mais ces lignes se confondirent bientôt sous mes yeux ; le fil des idées s'enchevêtra dans mon cerveau, et le volume me glissa des mains sans que j'y prisse garde.

---

1. ***Sérapion*** : nom emprunté à un recueil de contes d'Hoffmann, *Les Contes des frères Sérapion*.
2. ***Mortifications*** : sacrifices et souffrances qu'on inflige à son corps pour se préserver des tentations.
3. ***Coupelle*** : récipient dans lequel les alchimistes extraient l'or des autres métaux (métaphore).
4. ***Missel*** : livre de messe.

Partir demain sans l'avoir revue ! ajouter encore une impossibilité à toutes celles qui étaient déjà entre nous ! perdre à tout jamais l'espérance de la rencontrer, à moins d'un miracle ! Lui écrire ? par qui ferais-je parvenir ma lettre ? Avec le sacré caractère dont j'étais revêtu, à qui s'ouvrir, se fier ? J'éprouvais une anxiété terrible. Puis, ce que l'abbé Sérapion m'avait dit des artifices du diable me revenait en mémoire ; l'étrangeté de l'aventure, la beauté surnaturelle de Clarimonde, l'éclat phosphorique [1] de ses yeux, l'impression brûlante de sa main, le trouble où elle m'avait jeté, le changement subit qui s'était opéré en moi, ma piété évanouie en un instant, tout cela prouvait clairement la présence du diable, et cette main satinée n'était peut-être que le gant dont il avait recouvert sa griffe. Ces idées me jetèrent dans une grande frayeur, je ramassai le missel qui de mes genoux était roulé à terre, et je me remis en prières.

Le lendemain, Sérapion me vint prendre ; deux mules nous attendaient à la porte, chargées de nos maigres valises ; il monta l'une et moi l'autre tant que bien que mal. Tout en parcourant les rues de la ville, je regardais à toutes les fenêtres et à tous les balcons si je ne verrais pas Clarimonde ; mais il était trop matin, et la ville n'avait pas encore ouvert les yeux. Mon regard tâchait de plonger derrière les stores et à travers les rideaux de tous les palais devant lesquels nous passions. Sérapion attribuait sans doute cette curiosité à l'admiration que me causait la beauté de l'architecture, car il ralentissait le pas de sa monture pour me donner le temps de voir. Enfin nous arrivâmes à la porte de la ville et nous commençâmes à gravir la colline. Quand je fus tout en haut, je me retournai pour regarder une fois encore les lieux où vivait Clarimonde. L'ombre d'un nuage couvrait entièrement la ville ; ses toits bleus et rouges étaient confondus dans une demi-teinte générale, où surnageaient çà et là, comme de blancs

---

1. ***Phosphoriques*** : qui brillent comme le phosphore : les yeux du diable sont souvent qualifiés de phosphoriques.

flocons d'écume, les fumées du matin. Par un singulier effet d'optique, se dessinait, blond et doré sous un rayon unique de lumière, un édifice qui surpassait en hauteur les constructions voisines, complètement noyées dans la vapeur; quoiqu'il fût à plus d'une lieue, il paraissait tout proche. On en distinguait les moindres détails, les tourelles, les plates-formes, les croisées, et jusqu'aux girouettes en queue d'aronde [1].

« Quel est donc ce palais que je vois tout là-bas éclairé d'un rayon de soleil ? », demandai-je à Sérapion. Il mit sa main au-dessus de ses yeux, et, ayant regardé, il me répondit : « C'est l'ancien palais que le prince Concini a donné à la courtisane Clarimonde ; il s'y passe d'épouvantables choses. »

En ce moment, je ne sais encore si c'est une réalité ou une illusion, je crus voir y glisser sur la terrasse une forme svelte et blanche qui étincela une seconde et s'éteignit. C'était Clarimonde !

Oh ! savait-elle qu'à cette heure, du haut de cet âpre chemin qui m'éloignait d'elle, et que je ne devais plus redescendre, ardent et inquiet, je couvais de l'œil le palais qu'elle habitait, et qu'un jeu dérisoire de lumière semblait rapprocher de moi, comme pour m'inviter à y entrer en maître ? Sans doute elle le savait, car son âme était trop sympathiquement [2] liée à la mienne pour n'en point ressentir les moindres ébranlements, et c'était ce sentiment qui l'avait poussée, encore enveloppée de ses voiles de nuit, à monter sur le haut de la terrasse, dans la glaciale rosée du matin.

L'ombre gagna le palais, et ce ne fut plus qu'un océan immobile de toits et de combles où l'on ne distinguait rien qu'une ondulation montueuse. Sérapion toucha sa mule, dont la mienne prit aussitôt l'allure, et un coude du chemin me déroba pour toujours la ville de S..., car je n'y devais pas revenir. Au bout de trois journées de route par des campagnes assez tristes, nous vîmes poindre à travers les arbres le coq du clocher de l'église que je

---

1. ***En queue d'aronde*** : terme d'architecture : qui se termine comme une queue d'hirondelle.
2. ***Sympathiquement*** : en communion avec la mienne.

is desservir ; et, après avoir suivi quelques rues tortueuses ées de chaumières et de courtils[1], nous nous trouvâmes devant la façade qui n'était pas d'une grande magnificence. Un porche orné de quelques nervures et de deux ou trois piliers de grès grossièrement taillés, un toit en tuiles et des contreforts du même grès que les piliers, c'était tout : à gauche le cimetière tout plein de hautes herbes, avec une grande croix de fer au milieu ; à droite et dans l'ombre de l'église, le presbytère. C'était une maison d'une simplicité extrême et d'une propreté aride. Nous entrâmes ; quelques poules picotaient sur la terre de rares grains d'avoine ; accoutumées apparemment à l'habit noir des ecclésiastiques, elles ne s'effarouchèrent point de notre présence et se dérangèrent à peine pour nous laisser passer. Un aboi éraillé et enroué se fit entendre, et nous vîmes accourir un vieux chien.

C'était le chien de mon prédécesseur. Il avait l'œil terne, le poil gris et tous les symptômes de la plus haute vieillesse où puisse atteindre un chien. Je le flattai doucement de la main, et il se mit aussitôt à marcher à côté de moi avec un air de satisfaction inexprimable. Une femme assez âgée, et qui avait été la gouvernante de l'ancien curé, vint aussi à notre rencontre, et, après m'avoir fait entrer dans une salle basse, me demanda si mon intention était de la garder. Je lui répondis que je la garderais, elle et le chien, et aussi les poules, et tout le mobilier que son maître lui avait laissé à sa mort, ce qui la fit entrer dans un transport de joie, l'abbé Sérapion lui ayant donné sur-le-champ le prix qu'elle en voulait.

Mon installation faite, l'abbé Sérapion retourna au séminaire. Je demeurai donc seul et sans autre appui que moi-même. La pensée de Clarimonde recommença à m'obséder, et, quelques efforts que je fisse pour la chasser, je n'y parvenais pas toujours. Un soir, en me promenant dans les allées bordées de buis de mon petit jardin, il me sembla voir à travers la charmille[2] une forme de

1. ***Courtils*** : petits jardins clos.

2. ***Charmille*** : allée de charmes formant une voûte de verdure.

femme qui suivait tous mes mouvements, et entre les feuilles étinceler les deux prunelles vert de mer ; mais ce n'était qu'une illusion, et, ayant passé de l'autre côté de l'allée, je n'y trouvai rien qu'une trace de pied sur le sable, si petit qu'on eût dit un pied d'enfant. Le jardin était entouré de murailles très hautes ; j'en visitai tous les coins et recoins, il n'y avait personne. Je n'ai jamais pu m'expliquer cette circonstance qui, du reste, n'était rien à côté des étranges choses qui me devaient arriver. Je vivais ainsi depuis un an, remplissant avec exactitude tous les devoirs de mon état, priant, jeûnant, exhortant et secourant les malades, faisant l'aumône jusqu'à me retrancher les nécessités les plus indispensables. Mais je sentais au-dedans de moi une aridité extrême, et les sources de la grâce m'étaient fermées. Je ne jouissais pas de ce bonheur que donne l'accomplissement d'une sainte mission ; mon idée était ailleurs, et les paroles de Clarimonde me revenaient souvent sur les lèvres comme une espèce de refrain involontaire. Ô frère, méditez bien ceci ! Pour avoir levé une seule fois le regard sur une femme, pour une faute en apparence si légère, j'ai éprouvé pendant plusieurs années les plus misérables agitations : ma vie a été troublée à tout jamais.

Je ne vous retiendrai pas plus longtemps sur ces défaites et sur ces victoires intérieures toujours suivies de rechutes plus profondes, et je passerai sur-le-champ à une circonstance décisive. Une nuit l'on sonna violemment à ma porte. La vieille gouvernante alla ouvrir, et un homme au teint cuivré et richement vêtu, mais selon une mode étrangère, avec un long poignard, se dessina sous les rayons de la lanterne de Barbara. Son premier mouvement fut la frayeur ; mais l'homme la rassura, et lui dit qu'il avait besoin de me voir sur-le-champ pour quelque chose qui concernait mon ministère[1]. Barbara le fit monter. J'allais me mettre au lit. L'homme me dit que sa maîtresse, une très grande dame, était à l'article de la mort et désirait un prêtre. Je répondis que j'étais

1. ***Ministère*** : exercice de la prêtrise.

prêt à le suivre ; je pris avec moi ce qu'il fallait pour l'extrême-onction[1] et je descendis en toute hâte. À la porte piaffaient d'impatience deux chevaux noirs comme la nuit, et soufflant sur leur poitrail deux longs flots de fumée. Il me tint l'étrier et m'aida à monter sur l'un, puis il sauta sur l'autre en appuyant seulement une main sur le pommeau de la selle. Il serra les genoux et lâcha les guides à son cheval qui partit comme la flèche. Le mien, dont il tenait la bride, prit aussi le galop et se maintint dans une égalité parfaite. Nous dévorions le chemin ; la terre filait sous nous grise et rayée, et les silhouettes noires des arbres s'enfuyaient comme une armée en déroute. Nous traversâmes une forêt d'un sombre si opaque et si glacial, que je me sentis courir sur la peau un frisson de superstitieuse terreur. Les aigrettes d'étincelles que les fers de nos chevaux arrachaient aux cailloux laissaient sur notre passage comme une traînée de feu, et si quelqu'un, à cette heure de nuit, nous eût vus, mon conducteur et moi, il nous eût pris pour deux spectres à cheval sur le cauchemar. Des feux follets traversaient de temps en temps le chemin, et les choucas[2] piaulaient piteusement dans l'épaisseur du bois, où brillaient de loin en loin les yeux phosphoriques de quelques chats sauvages. La crinière des chevaux s'échevelait de plus en plus, la sueur ruisselait sur leurs flancs, et leur haleine sortait bruyante et pressée de leurs narines. Mais, quand il les voyait faiblir, l'écuyer pour les ranimer poussait un cri guttural[3] qui n'avait rien d'humain, et la course recommençait avec furie. Enfin le tourbillon s'arrêta ; une masse noire piquée de quelques points brillants se dressa subitement devant nous ; les pas de nos montures sonnèrent plus bruyants sur un plancher ferré, et nous entrâmes sous une voûte qui ouvrait sa gueule sombre entre deux énormes tours. Une grande agitation régnait dans le château ; des domestiques avec des torches à la main traversaient les cours en tous sens, et des lumières

1. ***Extrême-onction*** : sacrement donné aux mourants.
2. ***Choucas*** : oiseaux au plumage noir proches de la corneille.
3. ***Guttural*** : rauque.

montaient et descendaient de palier en palier. J'entrevis confusément d'immenses architectures, des colonnes, des arcades, des perrons et des rampes, un luxe de construction tout à fait royal et féerique. Un page nègre, le même qui m'avait donné les tablettes de Clarimonde et que je reconnus à l'instant, me vint aider à descendre, et un majordome[1] vêtu de velours noir avec une chaîne d'or au col et une canne d'ivoire à la main, s'avança au-devant de moi. De grosses larmes débordaient de ses yeux et coulaient le long de ses joues sur sa barbe blanche. « Trop tard ! fit-il en hochant la tête, trop tard ! seigneur prêtre ; mais, si vous n'avez pu sauver l'âme, venez veiller le pauvre corps. » Il me prit par le bras et me conduisit à la salle funèbre ; je pleurais aussi fort que lui, car j'avais compris que la morte n'était autre que cette Clarimonde tant et si follement aimée. Un prie-Dieu était disposé à côté du lit ; une flamme bleuâtre voltigeant sur une patère[2] de bronze jetait par toute la chambre un jour faible et douteux, et çà et là faisait papilloter dans l'ombre quelque arête saillante de meuble ou de corniche. Sur la table, dans une urne ciselée, trempait une rose blanche fanée dont les feuilles, à l'exception d'une seule qui tenait encore, étaient toutes tombées au pied du vase comme des larmes odorantes ; un masque noir brisé, un éventail, des déguisements de toute espèce, traînaient sur les fauteuils et faisaient voir que la mort était arrivée dans cette somptueuse demeure à l'improviste et sans se faire annoncer. Je m'agenouillai sans oser jeter les yeux sur le lit, et je me mis à réciter les psaumes[3] avec une grande ferveur, remerciant Dieu qu'il eût mis la tombe entre l'idée de cette femme et moi, pour que je pusse ajouter à mes prières son nom désormais sanctifié. Mais peu à peu cet élan se ralentit, et je tombai en rêverie. Cette chambre n'avait rien d'une chambre de mort. Au lieu de l'air fétide et cadavéreux que j'étais accoutumé à respirer en ces veilles funèbres, une langoureuse

1. ***Majordome*** : maître d'hôtel d'une grande maison.
2. ***Patère*** : coupe évasée dans l'Antiquité.
3. ***Psaumes*** : cantiques religieux.

fumée d'essences orientales, je ne sais quelle amoureuse odeur de femme, nageait doucement dans l'air attiédi. Cette pâle lueur avait plutôt l'air d'un demi-jour ménagé pour la volupté que de la veilleuse au reflet jaune qui tremblote près des cadavres. Je songeais au singulier hasard qui m'avait fait retrouver Clarimonde au moment où je la perdais pour toujours, et un soupir de regret s'échappa de ma poitrine. Il me sembla qu'on avait soupiré aussi derrière moi, et je me retournai involontairement. C'était l'écho. Dans ce mouvement, mes yeux tombèrent sur le lit de parade qu'ils avaient jusqu'alors évité. Les rideaux de damas rouge à grandes fleurs, relevés par des torsades d'or, laissaient voir la morte couchée tout de son long et les mains jointes sur la poitrine. Elle était couverte d'un voile de lin d'une blancheur éblouissante, que le pourpre sombre de la tenture faisait encore mieux ressortir, et d'une telle finesse qu'il ne dérobait en rien la forme charmante de son corps et permettait de suivre ces belles lignes onduleuses comme le cou d'un cygne que la mort même n'avait pu roidir. On eût dit une statue d'albâtre[1] faite par quelque sculpteur habile pour mettre sur un tombeau de reine, ou encore une jeune fille endormie sur qui il aurait neigé.

Je ne pouvais plus y tenir ; cet air d'alcôve m'enivrait, cette fébrile senteur de rose à demi fanée me montait au cerveau, et je marchais à grands pas dans la chambre, m'arrêtant à chaque tour devant l'estrade pour considérer la gracieuse trépassée sous la transparence de son linceul. D'étranges pensées me traversaient l'esprit ; je me figurais qu'elle n'était point morte réellement, et que ce n'était qu'une feinte qu'elle avait employée pour m'attirer dans son château et me conter son amour. Un instant même je crus avoir vu bouger son pied dans la blancheur des voiles, et se déranger les plis droits du suaire.

Et puis je me disais : « Est-ce bien Clarimonde ? quelle preuve en ai-je ? Ce page noir ne peut-il être passé au service d'une autre

1. ***Albâtre*** : voir note 1, p. 28.

femme ? Je suis bien fou de me désoler et de m'agiter ainsi. » Mais mon cœur me répondit avec un battement : « C'est bien elle, c'est bien elle. » Je me rapprochai du lit, et je regardai avec un redoublement d'attention l'objet de mon incertitude. Vous l'avouerai-je ? cette perfection de formes, quoique purifiée et sanctifiée par l'ombre de la mort, me troublait plus voluptueusement qu'il n'aurait fallu, et ce repos ressemblait tant à un sommeil que l'on s'y serait trompé. J'oubliais que j'étais venu là pour un office funèbre, et je m'imaginais que j'étais un jeune époux entrant dans la chambre de la fiancée qui cache sa figure par pudeur et qui ne se veut point laisser voir. Navré de douleur, éperdu de joie, frissonnant de crainte et de plaisir, je me penchai vers elle et je pris le coin du drap ; je le soulevai lentement en retenant mon souffle de peur de l'éveiller. Mes artères palpitaient avec une telle force, que je les sentais siffler dans mes tempes, et mon front ruisselait de sueur comme si j'eusse remué une dalle de marbre. C'était en effet la Clarimonde telle que je l'avais vue à l'église lors de mon ordination ; elle était aussi charmante, et la mort chez elle semblait une coquetterie de plus. La pâleur de ses joues, le rose moins vif de ses lèvres, ses longs cils baissés et découpant leur frange brune sur cette blancheur, lui donnaient une expression de chasteté mélancolique et de souffrance pensive d'une puissance de séduction inexprimable ; ses longs cheveux dénoués, où se trouvaient encore mêlées quelques petites fleurs bleues, faisaient un oreiller à sa tête et protégeaient de leurs boucles la nudité de ses épaules : ses belles mains, plus pures, plus diaphanes que des hosties, étaient croisées dans une attitude de pieux repos et de tacite prière, qui corrigeait ce qu'auraient pu avoir de trop séduisant, même dans la mort, l'exquise rondeur et le poli d'ivoire de ses bras nus dont on n'avait pas ôté les bracelets de perles. Je restai longtemps absorbé dans une muette contemplation, et, plus je la regardais, moins je pouvais croire que la vie avait pour toujours abandonné ce beau corps. Je ne sais si cela était une illusion ou un reflet de la lampe, mais on eût dit que le sang recommençait à circuler sous cette mate pâleur; cependant elle était toujours de la plus parfaite immobilité. Je touchai légèrement son bras; il était froid, mais pas plus froid pourtant que sa main le jour qu'elle avait effleuré la mienne sous le portail de l'église. Je repris ma position, penchant ma figure sur la sienne et laissant pleuvoir sur ses joues la tiède rosée de mes larmes. Ah! quel sentiment amer de désespoir et d'impuissance! quelle agonie que cette veille! j'aurais voulu pouvoir ramasser ma vie en un monceau pour la lui donner et souffler sur sa dépouille glacée la flamme qui me dévorait. La nuit s'avançait, et, sentant approcher le moment de la séparation éternelle, je ne pus me refuser cette triste et suprême douceur de déposer un baiser sur les lèvres mortes de celle qui avait eu tout mon amour. Ô prodige! un léger souffle se mêla à mon souffle, et la bouche de Clarimonde répondit à la pression de la mienne: ses yeux s'ouvrirent et reprirent un peu d'éclat, elle fit un soupir, et, décroisant ses bras, elle les passa derrière mon cou avec un air de ravissement ineffable. « Ah! c'est toi, Romuald, dit-elle d'une voix languissante et douce comme les dernières vibrations d'une harpe; que fais-tu donc? Je t'ai attendu si longtemps, que je suis morte; mais maintenant nous sommes fiancés, je pourrai te voir et aller chez toi. Adieu, Romuald, adieu! je t'aime; c'est tout ce que je voulais te dire, et je te rends la vie que tu as rappelée sur moi une minute avec ton baiser; à bientôt. »

Sa tête retomba en arrière, mais elle m'entourait toujours de ses bras comme pour me retenir. Un tourbillon de vent furieux défonça la fenêtre et entra dans la chambre; la dernière feuille de la rose blanche palpita quelque temps comme une aile au bout de la tige, puis elle se détacha et s'envola par la croisée ouverte, emportant avec elle l'âme de Clarimonde. La lampe s'éteignit et je tombai évanoui sur le sein de la belle morte.

Quand je revins à moi, j'étais couché sur mon lit, dans ma petite chambre de presbytère, et le vieux chien de l'ancien curé léchait ma main allongée hors de la couverture. Barbara s'agitait dans la chambre avec un tremblement sénile, ouvrant et fermant des tiroirs, ou remuant des poudres dans des verres. En me voyant ouvrir les yeux, la vieille poussa un cri de joie, le chien jappa et frétilla de la queue ; mais j'étais si faible, que je ne pus prononcer une seule parole ni faire aucun mouvement. J'ai su depuis que j'étais resté trois jours ainsi, ne donnant d'autre signe d'existence qu'une respiration presque insensible. Ces trois jours ne comptent pas dans ma vie, et je ne sais où mon esprit était allé pendant tout ce temps ; je n'en ai gardé aucun souvenir. Barbara m'a conté que le même homme au teint cuivré, qui m'était venu chercher pendant la nuit, m'avait ramené le matin dans une litière fermée et s'en était retourné aussitôt. Dès que je pus rappeler mes idées, je repassai en moi-même toutes les circonstances de cette nuit fatale. D'abord je pensai que j'avais été le jouet d'une illusion magique ; mais des circonstances réelles et palpables détruisirent bientôt cette supposition. Je ne pouvais croire que j'avais rêvé, puisque Barbara avait vu comme moi l'homme aux deux chevaux noirs et qu'elle en décrivait l'ajustement et la tournure avec exactitude. Cependant personne ne connaissait dans les environs un château auquel s'appliquât la description du château où j'avais retrouvé Clarimonde.

Un matin je vis entrer l'abbé Sérapion. Barbara lui avait mandé que j'étais malade, et il était accouru en toute hâte. Quoique cet empressement démontrât de l'affection et de l'intérêt pour ma personne, sa visite ne me fit pas le plaisir qu'elle m'aurait dû faire. L'abbé Sérapion avait dans le regard quelque chose de pénétrant et d'inquisiteur qui me gênait. Je me sentais embarrassé et coupable devant lui. Le premier il avait découvert mon trouble intérieur, et je lui en voulais de sa clairvoyance.

Tout en me demandant des nouvelles de ma santé d'un ton hypocritement mielleux, il fixait sur moi ses deux jaunes prunelles de lion et plongeait comme une sonde ses regards dans mon âme. Puis il me fit quelques questions sur la manière dont je dirigeais ma cure, si je m'y plaisais, à quoi je passais le temps que mon ministère me laissait libre, si j'avais fait quelques connaissances parmi les habitants du lieu, quelles étaient mes lectures favorites, et mille autres détails semblables. Je répondais à tout cela le plus brièvement possible, et lui-même, sans attendre que j'eusse achevé, passait à autre chose. Cette conversation n'avait évidemment aucun rapport avec ce qu'il voulait dire. Puis, sans préparation aucune, et comme une nouvelle dont il se souvenait à l'instant et qu'il eût craint d'oublier ensuite, il me dit d'une voix claire et vibrante qui résonna à mon oreille comme les trompettes du jugement dernier :

« La grande courtisane Clarimonde est morte dernièrement, à la suite d'une orgie qui a duré huit jours et huit nuits. Ç'a été quelque chose d'infernalement splendide. On a renouvelé là les abominations des festins de Balthazar[1] et de Cléopâtre[2]. Dans quel siècle vivons-nous, bon Dieu ! Les convives étaient servis par des esclaves basanés parlant un langage inconnu et qui m'ont tout l'air de vrais démons ; la livrée[3] du moindre d'entre eux eût pu servir de gala à un empereur. Il a couru de tout temps sur cette Clarimonde de bien étranges histoires, et tous ses amants ont fini d'une manière misérable ou violente. On a dit que c'était une goule, un vampire femelle ; mais je crois que c'était Belzébuth[4] en personne. »

Il se tut et m'observa plus attentivement que jamais, pour voir l'effet que ses paroles avaient produit sur moi. Je n'avais pu me défendre d'un mouvement en entendant nommer Clarimonde, et cette nouvelle de sa mort, outre la douleur qu'elle me causait par son étrange coïncidence avec la scène nocturne dont j'avais été témoin, me jeta dans un trouble et un effroi qui parurent sur ma figure, quoi que je fisse pour m'en rendre maître. Sérapion me jeta

1. ***Balthazar*** : roi de Babylone qui apprit au cours d'un festin la fin de son règne, en punition de son impiété.
2. ***Cléopâtre*** : reine d'Égypte célèbre pour ses amours avec César et Antoine.
3. ***Livrée*** : tenue de domestique aux armes d'une grande maison.
4. ***Belzébuth*** : le prince des démons dans l'Ancien Testament.

un coup d'œil inquiet et sévère ; puis il me dit : « Mon fils, je dois vous en avertir, vous avez le pied levé sur un abîme, prenez garde d'y tomber. Satan a la griffe longue, et les tombeaux ne sont pas toujours fidèles. La pierre de Clarimonde devrait être scellée d'un triple sceau ; car ce n'est pas, à ce qu'on dit, la première fois qu'elle est morte. Que Dieu veille sur vous, Romuald ! »

Après avoir dit ces mots, Sérapion regagna la porte à pas lents, et je ne le revis plus ; car il partit pour S*** presque aussitôt.

J'étais entièrement rétabli et j'avais repris mes fonctions habituelles. Le souvenir de Clarimonde et les paroles du vieil abbé étaient toujours présents à mon esprit ; cependant aucun événement extraordinaire n'était venu confirmer les prévisions funèbres de Sérapion, et je commençais à croire que ses craintes et mes terreurs étaient trop exagérées ; mais une nuit je fis un rêve. J'avais à peine bu les premières gorgées du sommeil, que j'entendis ouvrir les rideaux de mon lit et glisser les anneaux sur les tringles avec un bruit éclatant ; je me soulevai brusquement sur le coude, et je vis une ombre de femme qui se tenait debout devant moi. Je reconnus sur-le-champ Clarimonde. Elle portait à la main une petite lampe de la forme de celles qu'on met dans les tombeaux, dont la lueur donnait à ses doigts effilés une transparence rose qui se prolongeait par une dégradation insensible jusque dans la blancheur opaque et laiteuse de son bras nu. Elle avait pour tout vêtement le suaire de lin qui la recouvrait sur son lit de parade, dont elle retenait les plis sur sa poitrine, comme honteuse d'être si peu vêtue, mais sa petite main n'y suffisait pas ; elle était si blanche, que la couleur de la draperie se confondait avec celle des chairs sous le pâle rayon de la lampe. Enveloppée de ce fin tissu qui trahissait tous les contours de son corps, elle ressemblait à une statue de marbre de baigneuse antique plutôt qu'à une femme douée de vie. Morte ou vivante, statue ou femme, ombre ou corps, sa beauté était toujours la même ; seulement l'éclat vert de ses prunelles était un peu amorti, et sa bouche, si vermeille autrefois, n'était plus teintée que d'un rose faible et tendre presque semblable à celui de ses joues. Les petites fleurs bleues que j'avais remarquées dans ses cheveux étaient tout à fait sèches et avaient presque perdu toutes leurs feuilles ; ce qui ne l'empêchait pas d'être charmante, si charmante que, malgré la singularité de l'aventure et la façon inexplicable dont elle était entrée dans la chambre, je n'eus pas un instant de frayeur.

Elle posa la lampe sur la table et s'assit sur le pied de mon lit, puis elle me dit en se penchant vers moi avec cette voix argentine et veloutée à la fois que je n'ai connue qu'à elle :

« Je me suis bien fait attendre, mon cher Romuald, et tu as dû croire que je t'avais oublié. Mais je viens de bien loin, et d'un endroit d'où personne n'est encore revenu : il n'y a ni lune ni soleil au pays d'où j'arrive ; ce n'est que de l'espace et de l'ombre ; ni chemin, ni sentier ; point de terre pour le pied, point d'air pour l'aile ; et pourtant me voici, car l'amour est plus fort que la mort[1], et il finira par la vaincre. Ah ! que de faces mornes et de choses terribles j'ai vues dans mon voyage ! Que de peine mon âme, rentrée dans ce monde par la puissance de la volonté, a eue pour retrouver son corps et s'y réinstaller ! Que d'efforts il m'a fallu faire avant de lever la dalle dont on m'avait couverte ! Tiens ! le dedans de mes pauvres mains en est tout meurtri. Baise-les pour les guérir, cher amour ! » Elle m'appliqua l'une après l'autre les paumes froides de ses mains sur la bouche ; je les baisai en effet plusieurs fois, et elle me regardait faire avec un sourire d'ineffable complaisance.

Je l'avoue à ma honte, j'avais totalement oublié les avis de l'abbé Sérapion et le caractère dont j'étais revêtu[2]. J'étais tombé sans résistance et au premier assaut. Je n'avais pas même essayé de repousser le tentateur ; la fraîcheur de la peau de Clarimonde pénétrait la mienne, et je me sentais courir sur le corps de voluptueux frissons. La pauvre enfant ! malgré tout ce que j'en ai vu, j'ai peine à croire encore que ce fût un démon ; du moins elle

---

1. ***L'amour est plus fort que la mort*** : allusion au Cantique des Cantiques dans l'Ancien Testament « l'amour est fort comme la mort ».
2. ***Le caractère dont j'étais revêtu*** : mon état ecclésiastique.

n'en avait pas l'air, et jamais Satan n'a mieux caché ses griffes et ses cornes. Elle avait reployé ses talons sous elle et se tenait accroupie sur le bord de la couchette dans une position pleine de coquetterie nonchalante. De temps en temps elle passait sa petite main à travers mes cheveux et les roulait en boucles comme pour essayer à mon visage de nouvelles coiffures. Je me laissais faire avec la plus coupable complaisance, et elle accompagnait tout cela du plus charmant babil. Une chose remarquable, c'est que je n'éprouvais aucun étonnement d'une aventure aussi extraordinaire, et, avec cette facilité que l'on a dans la vision d'admettre comme fort simples les événements les plus bizarres, je ne voyais rien là que de parfaitement naturel.

« Je t'aimais bien longtemps avant de t'avoir vu, mon cher Romuald, et je te cherchais partout. Tu étais mon rêve, et je t'ai aperçu dans l'église au fatal moment ; j'ai dit tout de suite : "C'est lui !" Je te jetai un regard où je mis tout l'amour que j'avais eu, que j'avais et que je devais avoir pour toi ; un regard à damner un cardinal, à faire agenouiller un roi à mes pieds devant toute sa cour. Tu restas impassible et tu me préféras ton Dieu.

« Ah ! que je suis jalouse de Dieu, que tu as aimé et que tu aimes encore plus que moi !

« Malheureuse, malheureuse que je suis ! je n'aurai jamais ton cœur à moi toute seule, moi que tu as ressuscitée d'un baiser, Clarimonde la morte, qui force à cause de toi les portes du tombeau et qui vient te consacrer une vie qu'elle n'a reprise que pour te rendre heureux ! »

Toutes ces paroles étaient entrecoupées de caresses délirantes qui étourdirent mes sens et ma raison au point que je ne craignis point pour la consoler de proférer un effroyable blasphème, et de lui dire que je l'aimais autant que Dieu.

Ses prunelles se ravivèrent et brillèrent comme des chrysoprases[1]. « Vrai ! bien vrai ! autant que Dieu ! dit-elle en m'enlaçant dans ses beaux bras. Puisque c'est ainsi, tu viendras avec

1. ***Chrysoprases*** : pierres cristallisées de couleur verte.

moi, tu me suivras où je voudrai. Tu laisseras tes vilains habits noirs. Tu seras le plus fier et le plus envié des cavaliers, tu seras mon amant. Être l'amant avoué de Clarimonde, qui a refusé un pape, c'est beau, cela ! Ah ! la bonne vie bien heureuse, la belle existence dorée que nous mènerons ! Quand partons-nous, mon gentilhomme ?

– Demain ! demain ! m'écriai-je dans mon délire.

– Demain, soit ! reprit-elle. J'aurai le temps de changer de toilette, car celle-ci est un peu succincte[1] et ne vaut rien pour le voyage. Il faut aussi que j'aille avertir mes gens qui me croient sérieusement morte et qui se désolent tant qu'ils peuvent. L'argent, les habits, les voitures, tout sera prêt ; je te viendrai prendre à cette heure-ci. Adieu, cher cœur. » Et elle effleura mon front du bout de ses lèvres. La lampe s'éteignit, les rideaux se refermèrent, et je ne vis plus rien ; un sommeil de plomb, un sommeil sans rêve s'appesantit sur moi et me tint engourdi jusqu'au lendemain matin. Je me réveillai plus tard que de coutume, et le souvenir de cette singulière vision m'agita toute la journée ; je finis par me persuader que c'était une pure vapeur de mon imagination échauffée. Cependant les sensations avaient été si vives, qu'il était difficile de croire qu'elles n'étaient pas réelles, et ce ne fut pas sans quelque appréhension de ce qui allait arriver que je me mis au lit, après avoir prié Dieu d'éloigner de moi les mauvaises pensées et de protéger la chasteté de mon sommeil.

Je m'endormis bientôt profondément, et mon rêve se continua. Les rideaux s'écartèrent, et je vis Clarimonde, non pas, comme la première fois, pâle dans son pâle suaire et les violettes de la mort sur les joues, mais gaie, leste et pimpante, avec un superbe habit de voyage en velours vert orné de ganses d'or et retroussé sur le côté pour laisser voir une jupe de satin. Ses cheveux blonds s'échappaient en grosses boucles de dessous un large chapeau de feutre noir chargé de plumes blanches capricieusement contournées ; elle

1. ***Succincte*** : légère.

tenait à la main une petite cravache terminée par un sifflet d'or. Elle m'en toucha légèrement et me dit : « Eh bien ! beau dormeur, est-ce ainsi que vous faites vos préparatifs ? Je comptais vous trouver debout. Levez-vous bien vite, nous n'avons pas de temps à perdre. » Je sautai à bas du lit.

« Allons, habillez-vous et partons, dit-elle en me montrant du doigt un petit paquet qu'elle avait apporté ; les chevaux s'ennuient et rongent leur frein à la porte. Nous devrions déjà être à dix lieues d'ici. »

Je m'habillai en hâte, et elle me tendait elle-même les pièces du vêtement, en riant aux éclats de ma gaucherie, et en m'indiquant leur usage quand je me trompais. Elle donna du tour[1] à mes cheveux, et, quand ce fut fait, elle me tendit un petit miroir de poche en cristal de Venise, bordé d'un filigrane d'argent, et me dit : « Comment te trouves-tu ? veux-tu me prendre à ton service comme valet de chambre ? »

Je n'étais plus le même, et je ne me reconnus pas. Je ne me ressemblais pas plus qu'une statue achevée ne ressemble à un bloc de pierre. Mon ancienne figure avait l'air de n'être que l'ébauche grossière de celle que réfléchissait le miroir. J'étais beau, et ma vanité fut sensiblement chatouillée de cette métamorphose. Ces élégants habits, cette riche veste brodée, faisaient de moi un tout autre personnage, et j'admirais la puissance de quelques aunes d'étoffe taillées d'une certaine manière. L'esprit de mon costume me pénétrait la peau et au bout de dix minutes j'étais passablement fat[2].

Je fis quelques tours par la chambre pour me donner de l'aisance. Clarimonde me regardait d'un air de complaisance maternelle et paraissait très contente de son œuvre. « Voilà bien assez d'enfantillage ; en route mon cher Romuald ! nous allons loin et nous n'arriverons pas. » Elle me prit la main et m'entraîna.

1. ***Elle donna du tour*** : un mouvement, de l'allure.
2. ***Fat*** : vaniteux.

Toutes les portes s'ouvraient devant elle aussitôt qu'elle les touchait, et nous passâmes devant le chien sans l'éveiller.

À la porte, nous trouvâmes Margheritone ; c'était l'écuyer qui m'avait déjà conduit ; il tenait en bride trois chevaux noirs comme les premiers, un pour moi, un pour lui, un pour Clarimonde. Il fallait que ces chevaux fussent des genets d'Espagne, nés de juments fécondées par le zéphyr ; car ils allaient aussi vite que le vent, et la lune, qui s'était levée à notre départ pour nous éclairer, roulait dans le ciel comme une roue détachée de son char ; nous la voyions à notre droite sauter d'arbre en arbre et s'essouffler pour courir après nous. Nous arrivâmes bientôt dans une plaine où, auprès d'un bosquet d'arbres, nous attendait une voiture attelée de quatre vigoureuses bêtes ; nous y montâmes, et les postillons [1] leur firent prendre un galop insensé. J'avais un bras passé derrière la taille de Clarimonde et une de ses mains ployée dans la mienne ; elle appuyait sa tête à mon épaule, et je sentais sa gorge demi-nue frôler mon bras. Jamais je n'avais éprouvé un bonheur aussi vif. J'avais oublié tout en ce moment-là, et je ne me souvenais pas plus d'avoir été prêtre que de ce que j'avais fait dans le sein de ma mère, tant était grande la fascination que l'esprit malin exerçait sur moi. À dater de cette nuit, ma nature s'est en quelque sorte dédoublée, et il y eut en moi deux hommes dont l'un ne connaissait pas l'autre. Tantôt je me croyais un prêtre qui rêvait chaque soir qu'il était gentilhomme, tantôt un gentilhomme qui rêvait qu'il était prêtre. Je ne pouvais plus distinguer le songe de la veille, et je ne savais pas où commençait la réalité et où finissait l'illusion. Le jeune seigneur fat et libertin se raillait du prêtre, le prêtre détestait les dissolutions [2] du jeune seigneur. Deux spirales enchevêtrées l'une dans l'autre et confondues sans se toucher jamais représentent très bien cette vie bicéphale [3] qui fut la mienne. Malgré l'étrangeté de cette position, je ne crois pas avoir un seul

1. ***Postillons*** : cochers.
2. ***Dissolutions*** : la vie de débauche.
3. ***Bicéphale*** : à deux têtes.

instant touché à la folie. J'ai toujours conservé très nettes les perceptions de mes deux existences. Seulement, il y avait un fait absurde que je ne pouvais m'expliquer : c'est que le sentiment du même moi existât dans deux hommes si différents. C'était une anomalie dont je ne me rendais pas compte, soit que je crusse être le curé du petit village de ***, ou *il signor Romualdo*, amant en titre de la Clarimonde.

Toujours est-il que j'étais ou du moins que je croyais être à Venise ; je n'ai pu encore bien démêler ce qu'il y avait d'illusion et de réalité dans cette bizarre aventure. Nous habitions un grand palais de marbre sur le Canaleto, plein de fresques et de statues, avec deux Titiens [1] du meilleur temps dans la chambre à coucher de la Clarimonde, un palais digne d'un roi. Nous avions chacun notre gondole et nos barcarolles [2] à notre livrée, notre chambre de musique et notre poète. Clarimonde entendait la vie d'une grande manière, et elle avait un peu de Cléopâtre dans sa nature. Quant à moi, je menais un train de fils de prince, et je faisais une poussière comme si j'eusse été de la famille de l'un des douze apôtres ou des quatre évangélistes de la sérénissime république [3]. Je ne me serais pas détourné de mon chemin pour laisser passer le doge, et je ne crois pas que, depuis Satan qui tomba du ciel, personne ait été plus orgueilleux et plus insolent que moi. J'allais au Ridotto [4], et je jouais un jeu d'enfer. Je voyais la meilleure société du monde, des fils de famille ruinés, des femmes de théâtre, des escrocs, des parasites et des spadassins. Cependant, malgré la dissipation de cette vie, je restai fidèle à la Clarimonde. Je l'aimais éperdument. Elle eût réveillé la satiété même et fixé l'inconstance. Avoir Clarimonde, c'était avoir vingt maîtresses, c'était avoir toutes les femmes, tant elle était mobile, changeante et dissemblable d'elle-même ; un vrai

1. ***Titiens*** : Le Titien est un des plus grands peintres vénitiens du XVIe siècle.

2. ***Barcarolles*** : gondoliers vénitiens.

3. ***Sérénissime république*** : l'ancienne république de Venise à la tête de laquelle se trouve le doge.

4. ***Ridotto*** : célèbre salle de jeux vénitienne au XVIIIe siècle.

caméléon ! Elle vous faisait commettre avec elle l'infidélité que vous eussiez commise avec d'autres, en prenant complètement le caractère, l'allure et le genre de beauté de la femme qui paraissait vous plaire. Elle me rendait mon amour au centuple, et c'est en vain que les jeunes patriciens et même les vieux du conseil des Dix [1] lui firent les plus magnifiques propositions. Un Foscari alla même jusqu'à lui proposer de l'épouser ; elle refusa tout. Elle avait assez d'or ; elle ne voulait plus que de l'amour, un amour jeune, pur, éveillé par elle, et qui devait être le premier et le dernier. J'aurais été parfaitement heureux sans un maudit cauchemar qui revenait toutes les nuits, et où je me croyais un curé de village se macérant [2] et faisant pénitence de mes excès du jour. Rassuré par l'habitude d'être avec elle, je ne songeais presque plus à la façon étrange dont j'avais fait connaissance avec Clarimonde. Cependant, ce qu'en avait dit l'abbé Sérapion me revenait quelquefois en mémoire et ne laissait pas que de me donner de l'inquiétude.

Depuis quelque temps la santé de Clarimonde n'était pas aussi bonne ; son teint s'amortissait de jour en jour. Les médecins qu'on fit venir n'entendaient rien à sa maladie, et ils ne savaient qu'y faire. Ils prescrivirent quelques remèdes insignifiants et ne revinrent plus. Cependant elle pâlissait à vue d'œil et devenait de plus en plus froide. Elle était presque aussi blanche et aussi morte que la fameuse nuit dans le château inconnu. Je me désolais de la voir ainsi lentement dépérir. Elle, touchée de ma douleur, me souriait doucement et tristement avec le sourire fatal des gens qui savent qu'ils vont mourir.

Un matin, j'étais assis auprès de son lit, et je déjeunais sur une petite table pour ne la pas quitter d'une minute. En coupant un fruit, je me fis par hasard au doigt une entaille assez profonde. Le sang partit aussitôt en filets pourpres, et quelques gouttes rejaillirent sur Clarimonde. Ses yeux s'éclairèrent, sa

1. ***Conseil des Dix*** : tribunal secret réunissant les notables de Venise.
2. ***Se macérant*** : s'imposant des privations, des souffrances.

physionomie prit une expression de joie féroce et sauvage que je ne lui avais jamais vue. Elle sauta à bas du lit avec une agilité animale, une agilité de singe ou de chat, et se précipita sur ma blessure qu'elle se mit à sucer avec un air d'indicible volupté. Elle avalait le sang par petites gorgées, lentement et précieusement, comme un gourmet qui savoure un vin de Xérès ou de Syracuse ; elle clignait les yeux à demi, et la pupille de ses prunelles vertes était devenue oblongue [1] au lieu de ronde. De temps à autre elle s'interrompait pour me baiser la main, puis elle recommençait à presser de ses lèvres les lèvres de la plaie pour en faire sortir encore quelques gouttes rouges. Quand elle vit que le sang ne venait plus, elle se releva l'œil humide et brillant, plus rose qu'une aurore de mai, la figure pleine, la main tiède et moite, enfin plus belle que jamais et dans un état parfait de santé.

« Je ne mourrai pas ! je ne mourrai pas ! dit-elle à moitié folle de joie et en se pendant à mon cou ; je pourrai t'aimer encore longtemps. Ma vie est dans la tienne, et tout ce qui est moi vient de toi. Quelques gouttes de ton riche et noble sang, plus précieux et plus efficace que tous les élixirs [2] du monde, m'ont rendu l'existence. »

Cette scène me préoccupa longtemps et m'inspira d'étranges doutes à l'endroit de Clarimonde, et le soir même, lorsque le sommeil m'eut ramené à mon presbytère, je vis l'abbé Sérapion plus grave et plus soucieux que jamais. Il me regarda attentivement et me dit : « Non content de perdre votre âme, vous voulez aussi perdre votre corps. Infortuné jeune homme, dans quel piège êtes-vous tombé ! » Le ton dont il me dit ce peu de mots me frappa vivement ; mais, malgré sa vivacité, cette impression fut bientôt dissipée, et mille autres soins l'effacèrent de mon esprit. Cependant, un soir, je vis dans ma glace, dont elle n'avait pas calculé la perfide position, Clarimonde qui versait une poudre dans la coupe de vin épicé qu'elle avait coutume de préparer après le repas. Je

1. ***Oblongue*** : de forme allongée ; les pupilles du Diable sont souvent décrites ainsi.
2. ***Élixirs*** : potions ou philtres magiques.

pris la coupe, je feignis d'y porter mes lèvres, et je la posai sur quelque meuble comme pour l'achever plus tard à mon loisir, et, profitant d'un instant où la belle avait le dos tourné, j'en jetai le contenu sous la table ; après quoi je me retirai dans ma chambre et je me couchai, bien déterminé à ne pas dormir et à voir ce que tout cela deviendrait. Je n'attendis pas longtemps ; Clarimonde entra en robe de nuit, et, s'étant débarrassée de ses voiles, s'allongea dans le lit auprès de moi. Quand elle se fut bien assurée que je dormais, elle découvrit mon bras et tira une épingle d'or de sa tête ; puis elle se mit à murmurer à voix basse :

« Une goutte, rien qu'une petite goutte rouge, un rubis au bout de mon aiguille !… Puisque tu m'aimes encore, il ne faut pas que je meure… Ah ! pauvre amour, ton beau sang d'une couleur pourpre si éclatante, je vais le boire. Dors, mon seul bien ; dors, mon dieu, mon enfant ; je ne te ferai pas de mal, je ne prendrai de ta vie que ce qu'il faudra pour ne pas laisser éteindre la mienne. Si je ne t'aimais pas tant, je pourrais me résoudre à avoir d'autres amants dont je tarirais les veines ; mais depuis que je te connais, j'ai tout le monde en horreur… Ah ! le beau bras ! comme il est rond ! comme il est blanc ! Je n'oserai jamais piquer cette jolie veine bleue. » Et, tout en disant cela, elle pleurait, et je sentais pleuvoir ses larmes sur mon bras qu'elle tenait entre ses mains. Enfin elle se décida, me fit une petite piqûre avec son aiguille et se mit à pomper le sang qui en coulait. Quoiqu'elle en eût bu à peine quelques gouttes, la crainte de m'épuiser la prenant, elle m'entoura avec soin le bras d'une petite bandelette après avoir frotté la plaie d'un onguent qui la cicatrisa sur-le-champ.

Je ne pouvais plus avoir de doutes, l'abbé Sérapion avait raison. Cependant, malgré cette certitude, je ne pouvais m'empêcher d'aimer Clarimonde, et je lui aurais volontiers donné tout le sang dont elle avait besoin pour soutenir son existence factice. D'ailleurs, je n'avais pas grand-peur ; la femme me répondait du vampire, et ce que j'avais entendu et vu me rassurait complètement ; j'avais alors des veines plantureuses qui ne se seraient pas de sitôt épuisées, et je ne marchandais pas ma vie goutte à goutte. Je me serais ouvert le bras moi-même et je lui aurais dit : « Bois ! et que mon amour s'infiltre dans ton corps avec mon sang ! » J'évitais de faire la moindre allusion au narcotique[1] qu'elle m'avait versé et à la scène de l'aiguille, et nous vivions dans le plus parfait accord. Pourtant mes scrupules de prêtre me tourmentaient plus que jamais, et je ne savais quelle macération nouvelle inventer pour mater et mortifier ma chair. Quoique toutes ces visions fussent involontaires et que je n'y participasse en rien, je n'osais pas toucher le Christ avec des mains aussi impures et un esprit souillé par de pareilles débauches réelles ou rêvées. Pour éviter de tomber dans ces fatigantes hallucinations, j'essayais de m'empêcher de dormir, je tenais mes paupières ouvertes avec les doigts et je restais debout au long des murs, luttant contre le sommeil de toutes mes forces ; mais le sable de l'assoupissement me roulait bientôt dans les yeux, et, voyant que toute lutte était inutile, je laissais tomber les bras de découragement et de lassitude, et le courant me rentraînait vers les rives perfides. Sérapion me faisait les plus véhémentes exhortations[2], et me reprochait durement ma mollesse et mon peu de ferveur. Un jour que j'avais été plus agité qu'à l'ordinaire, il me dit : « Pour vous débarrasser de cette obsession, il n'y a qu'un moyen, et, quoiqu'il soit extrême, il le faut employer : aux grands maux les grands remèdes. Je sais où Clarimonde a été enterrée ; il faut que nous la déterrions et que vous voyiez dans quel état pitoyable est l'objet de votre amour ; vous ne serez plus tenté de perdre votre âme pour un cadavre immonde dévoré des vers et près de tomber en poudre ; cela vous fera assurément rentrer en vous-même. » Pour moi, j'étais si fatigué de cette double vie, que j'acceptai : voulant savoir, une fois pour toutes, qui du prêtre ou du gentilhomme était dupe d'une illusion, j'étais décidé à tuer au profit de l'un ou de l'autre

1. ***Narcotique*** : somnifère.
2. ***Exhortations*** : recommandations.

un des deux hommes qui étaient en moi ou à les tuer tous les deux, car une pareille vie ne pouvait durer. L'abbé Sérapion se munit d'une pioche, d'un levier et d'une lanterne, et à minuit nous nous dirigeâmes vers le cimetière de ***, dont il connaissait parfaitement le gisement et la disposition. Après avoir porté la lumière de la lanterne sourde sur les inscriptions de plusieurs tombeaux, nous arrivâmes enfin à une pierre à moitié cachée par les grandes herbes et dévorée de mousses et de plantes parasites, où nous déchiffrâmes ce commencement d'inscription :

Ici gît Clarimonde
Qui fut de son vivant
La plus belle du monde.

« C'est bien ici », dit Sérapion, et, posant à terre sa lanterne, il glissa la pince dans l'interstice de la pierre et commença à la soulever. La pierre céda, et il se mit à l'ouvrage avec la pioche. Moi, je le regardais faire, plus noir et plus silencieux que la nuit elle-même ; quant à lui, courbé sur son œuvre funèbre il ruisselait de sueur, il haletait, et son souffle pressé avait l'air d'un râle d'agonisant. C'était un spectacle étrange, et qui nous eût vus du dehors nous eût plutôt pris pour des profanateurs et des voleurs de linceuls, que pour des prêtres de Dieu. Le zèle de Sérapion avait quelque chose de dur et de sauvage qui le faisait ressembler à un démon plutôt qu'à un apôtre ou à un ange, et sa figure aux grands traits austères et profondément découpés par le reflet de la lanterne n'avait rien de très rassurant. Je me sentais perler sur les membres une sueur glaciale, et mes cheveux se redressaient douloureusement sur ma tête ; je regardais au fond de moi-même l'action du sévère Sérapion comme un abominable sacrilège, et j'aurais voulu que du flanc des sombres nuages qui roulaient pesamment au-dessus de nous sortît un triangle de feu qui le réduisît en poudre. Les hiboux perchés sur les cyprès, inquiétés par l'éclat de la lanterne, en venaient fouetter lourdement la vitre avec leurs ailes poussiéreuses, en jetant des gémissements plaintifs ; les renards glapissaient dans le lointain, et mille bruits sinistres se dégageaient du silence. Enfin la pioche de Sérapion heurta le cercueil dont les planches retentirent avec un bruit sourd et sonore, avec ce terrible bruit que rend le néant quand on y touche ; il en renversa le couvercle, et j'aperçus Clarimonde pâle comme un marbre, les mains jointes ; son blanc suaire ne faisait qu'un seul pli de sa tête à ses pieds. Une petite goutte rouge brillait comme une rose au coin de sa bouche décolorée. Sérapion, à cette vue, entra en fureur : « Ah ! te voilà, démon, courtisane impudique, buveuse de sang et d'or ! » et il aspergea d'eau bénite le corps et le cercueil sur lequel il traça la forme d'une croix avec son goupillon. La pauvre Clarimonde n'eut pas été plutôt touchée par la sainte rosée que son beau corps tomba en poussière ; ce ne fut plus qu'un mélange affreusement informe de cendres et d'os à demi calcinés. « Voilà votre maîtresse, seigneur Romuald, dit l'inexorable prêtre en me montrant ces tristes dépouilles, serez-vous encore tenté d'aller vous promener au Lido[1] et à Fusine[2] avec votre beauté ? » Je baissai la tête ; une grande ruine venait de se faire au-dedans de moi. Je retournai à mon presbytère, et le seigneur Romuald, amant de Clarimonde, se sépara du pauvre prêtre, à qui il avait tenu pendant si longtemps une si étrange compagnie. Seulement, la nuit suivante, je vis Clarimonde ; elle me dit, comme la première fois sous le portail de l'église : « Malheureux ! malheureux ! qu'as-tu fait ? Pourquoi as-tu écouté ce prêtre imbécile ? n'étais-tu pas heureux ? et que t'avais-je fait, pour violer ma pauvre tombe et mettre à nu les misères de mon néant ? Toute communication entre nos âmes et nos corps est rompue désormais. Adieu, tu me regretteras. » Elle se dissipa dans l'air comme une fumée, et je ne la revis plus.

Hélas ! elle a dit vrai : je l'ai regrettée plus d'une fois et je la regrette encore. La paix de mon âme a été bien chèrement

---

1. ***Lido*** : nom de la lagune et de la plage célèbre de Venise.
2. ***Fusine*** : petite ville de Vénétie.

achetée ; l'amour de Dieu n'était pas de trop pour remplacer le sien. Voilà, frère, l'histoire de ma jeunesse. Ne regardez jamais une femme, et marchez toujours les yeux fixés en terre, car, si chaste et si calme que vous soyez, il suffit d'une minute pour vous faire perdre l'éternité.

Le Pied de momie[1]

1. *Le Pied de momie* a paru dans *Le Musée des familles* en septembre 1840 et sous le titre de *La Princesse Hermonthis* dans *L'Artiste*, 4 octobre 1846. Il a été repris dans *La Peau de tigre*, Hippolyte Souverain, 1852 et dans *Romans et Contes*, Carpentier, 1863.

J'étais entré par désœuvrement chez un de ces marchands de curiosités dits marchands de bric-à-brac dans l'argot parisien, si parfaitement inintelligible pour le reste de la France.

Vous avez sans doute jeté l'œil, à travers le carreau, dans quelques-unes de ces boutiques devenues si nombreuses depuis qu'il est de mode d'acheter des meubles anciens, et que le moindre agent de change se croit obligé d'avoir sa *chambre Moyen Âge*.

C'est quelque chose qui tient à la fois de la boutique du ferrailleur, du magasin du tapissier, du laboratoire de l'alchimiste et de l'atelier du peintre ; dans ces antres mystérieux où les volets filtrent un prudent demi-jour, ce qu'il y a de plus notoirement ancien, c'est la poussière ; les toiles d'araignées y sont plus authentiques que les guipures [1], et le vieux poirier y est plus jeune que l'acajou arrivé hier d'Amérique.

Le magasin de mon marchand de bric-à-brac était un véritable Capharnaüm [2], tous les siècles et tous les pays semblaient s'y être donné rendez-vous ; une lampe étrusque de terre rouge posait sur une armoire de Boule, aux panneaux d'ébène sévèrement rayés de filaments de cuivre ; une duchesse [3] du temps de Louis XV

1. ***Guipures*** : dentelles.
2. ***Capharnaüm*** : lieu où sont rassemblés des objets de toutes sortes et de toutes origines.
3. ***Duchesse*** : sorte de chaise longue à la mode au XVIIIe siècle.

allongeait nonchalamment ses pieds de biche sous une épaisse table du règne de Louis XIII, aux lourdes spirales de bois de chêne, aux sculptures entremêlées de feuillages et de chimères.

Une armure damasquinée [1] de Milan faisait miroiter dans un coin le ventre rubané de sa cuirasse ; des amours et des nymphes de biscuit [2], des magots [3] de la Chine, des cornets de céladon et de craquelé [4], des tasses de Saxe et de vieux Sèvres encombraient les étagères et les encoignures [5].

Sur les tablettes denticulées [6] des dressoirs, rayonnaient d'immenses plats du Japon, aux dessins rouges et bleus, relevés de hachures d'or, côte à côte avec des émaux de Bernard Palissy, représentant des couleuvres, des grenouilles et des lézards en relief.

Des armoires éventrées s'échappaient des cascades de lampas glacé d'argent, des flots de brocatelle [7] criblée de grains lumineux par un oblique rayon de soleil ; des portraits de toutes les époques souriaient à travers leur vernis jaune dans des cadres plus ou moins fanés.

Le marchand me suivait avec précaution dans le tortueux passage pratiqué entre les piles de meubles, abattant de la main l'essor hasardeux des basques de mon habit, surveillant mes coudes avec l'attention inquiète de l'antiquaire et de l'usurier.

C'était une singulière figure que celle du marchand : un crâne immense, poli comme un genou, entouré d'une maigre auréole de cheveux blancs que faisait ressortir plus vivement le ton saumon clair de la peau, lui donnait un faux air de bonhomie patriarcale,

---

1. ***Damasquinée*** : incrustée de filets d'or ou d'argent.

2. ***Biscuit*** : porcelaine blanche ayant l'aspect d'un marbre très fin.

3. ***Magots*** : figurines chinoises.

4. ***Cornets de céladon et de craquelé*** : petits bibelots décoratifs en porcelaine.

5. ***Encoignures*** : petits meubles d'angle.

6. ***Denticulées*** : au bord dentelé.

7. ***Lampas et brocatelle*** : soieries orientales.

corrigée, du reste, par le scintillement de deux petits yeux jaunes qui tremblotaient dans leur orbite comme deux louis d'or sur du vif-argent[1]. La courbure du nez avait une silhouette aquiline qui rappelait le type oriental ou juif. Ses mains, maigres, fluettes, veinées, pleines de nerfs en saillie comme les cordes d'un manche à violon, onglées de griffes semblables à celles qui terminent les ailes membraneuses des chauves-souris, avaient un mouvement d'oscillation sénile, inquiétant à voir ; mais ces mains agitées de tics fiévreux devenaient plus fermes que des tenailles d'acier ou des pinces de homard dès qu'elles soulevaient quelque objet précieux, une coupe d'onyx, un verre de Venise ou un plateau de cristal de Bohême ; ce vieux drôle avait un air si profondément rabbinique[2] et cabalistique qu'on l'eût brûlé sur la mine, il y a trois siècles.

« Ne m'achèterez-vous rien aujourd'hui, monsieur ? Voilà un kriss[3] malais dont la lame ondule comme une flamme ; regardez ces rainures pour égoutter le sang, ces dentelures pratiquées en sens inverse pour arracher les entrailles en retirant le poignard ; c'est une arme féroce, d'un beau caractère et qui ferait très bien dans votre trophée[4] ; cette épée à deux mains est très belle, elle est de Josepe de la Hera, et cette cauchelimarde[5] à coquille fenestrée, quel superbe travail !

– Non, j'ai assez d'armes et d'instruments de carnage ; je voudrais une figurine, un objet quelconque qui pût me servir de serre-papiers, car je ne puis souffrir tous ces bronzes de pacotille que vendent les papetiers, et qu'on retrouve invariablement sur tous les bureaux. »

---

1. ***Vif-argent*** : mercure.
2. ***Rabbinique et cabalistique*** : évoquant un rabbin, un religieux ou un mystique juif.
3. ***Un kriss*** : poignard de Malaisie.
4. ***Trophée*** : ici collection.
5. ***Cauchelimarde*** : épée lourde et pesante.

Le vieux gnome[1], furetant dans ses vieilleries, étala devant moi des bronzes antiques ou soi-disant tels, des morceaux de malachite[2], de petites idoles indoues ou chinoises, espèce de poussahs[3] de jade, incarnation de Brahma ou de Wishnou[4] merveilleusement propre à cet usage, assez peu divin, de tenir en place des journaux et des lettres.

J'hésitais entre un dragon de porcelaine tout constellé de verrues, la gueule ornée de crocs et de barbelures[5], et un petit fétiche mexicain fort abominable, représentant au naturel le dieu Witziliputzili[6], quand j'aperçus un pied charmant que je pris d'abord pour un fragment de Vénus antique.

Il avait ces belles teintes fauves et rousses qui donnent au bronze florentin cet aspect chaud et vivace, si préférable au ton vert-de-grisé des bronzes ordinaires qu'on prendrait volontiers pour des statues en putréfaction : des luisants satinés frissonnaient sur ses formes rondes et polies par les baisers amoureux de vingt siècles ; car ce devait être un airain[7] de Corinthe, un ouvrage du meilleur temps, peut-être une fonte de Lysippe[8].

« Ce pied fera mon affaire », dis-je au marchand, qui me regarda d'un air ironique et sournois en me tendant l'objet demandé pour que je pusse l'examiner plus à mon aise.

Je fus surpris de sa légèreté, ce n'était pas un pied de métal, mais bien un pied de chair, un pied embaumé, un pied de momie : en regardant de près, l'on pouvait distinguer le grain de la peau et la gaufrure[9] presque imperceptible imprimée par la trame des

---

1. ***Gnome*** : petit génie difforme qui, selon les légendes juives, garde ses richesses dans les profondeurs de la terre.
2. ***Malachite*** : pierre de couleur verte.
3. ***Poussah*** : petite statuette orientale.
4. ***Brahma ou Wishnou*** : dieux hindous.
5. ***Barbelures*** : petites pointes formant comme les épis d'une barbe.
6. ***Witziliputzili*** : dieu de la guerre chez les Aztèques.
7. ***Airain*** : alliage à base de cuivre.
8. ***Lysippe*** : sculpteur grec du IVe siècle avant J.-C.
9. ***Gaufrure*** : empreinte en relief.

bandelettes. Les doigts étaient fins, délicats, terminés par des ongles parfaits, purs et transparents comme des agates ; le pouce, un peu séparé, contrariait heureusement le plan des autres doigts à la manière antique, et lui donnait une attitude dégagée, une sveltesse de pied d'oiseau ; la plante, à peine rayée de quelques hachures invisibles, montrait qu'elle n'avait jamais touché la terre, et ne s'était trouvée en contact qu'avec les plus fines nattes de roseaux du Nil et les plus moelleux tapis de peaux de panthères.

« Ha ! ha ! vous voulez le pied de la princesse Hermonthis », dit le marchand avec un ricanement étrange, en fixant sur moi ses yeux de hibou : ha ! ha ! ha ! pour un serre-papiers ! idée originale, idée d'artiste ; qui aurait dit au vieux Pharaon que le pied de sa fille adorée servirait de serre-papiers l'aurait bien surpris, lorsqu'il faisait creuser une montagne de granit pour y mettre le triple cercueil peint et doré, tout couvert de hiéroglyphes avec de belles peintures du jugement des âmes, ajouta à demi-voix et comme se parlant à lui-même le petit marchand singulier.

– Combien me vendez-vous ce fragment de momie ?

– Ah ! le plus cher que je pourrai, car c'est un morceau superbe ; si j'avais le pendant [1], vous ne l'auriez pas à moins de cinq cents francs : la fille d'un Pharaon, rien n'est plus rare.

– Assurément cela n'est pas commun ; mais enfin combien en voulez-vous ? D'abord je vous avertis d'une chose, c'est que je ne possède pour trésor que cinq louis ; – j'achèterai tout ce qui coûtera cinq louis, mais rien de plus.

« Vous scruteriez les arrière-poches de mes gilets, et mes tiroirs les plus intimes, que vous n'y trouveriez pas seulement un misérable tigre à cinq griffes.

– Cinq louis le pied de la princesse Hermonthis, c'est bien peu, très peu en vérité, un pied authentique, dit le marchand en hochant la tête et en imprimant à ses prunelles un mouvement rotatoire.

1. ***Le pendant*** : le pied symétrique du premier.

« Allons, prenez-le, et je vous donne l'enveloppe par-dessus le marché, ajouta-t-il en le roulant dans un vieux lambeau de damas [1], très beau, damas véritable, damas des Indes, qui n'a jamais été reteint ; c'est fort, c'est moelleux », marmottait-il en promenant ses doigts sur le tissu éraillé par un reste d'habitude commerciale qui lui faisait vanter un objet de si peu de valeur qu'il le jugeait lui-même digne d'être donné.

Il coula les pièces d'or dans une espèce d'aumônière [2] du Moyen Âge pendant à sa ceinture, en répétant :

« Le pied de la princesse Hermonthis servir de serre-papiers ! »

Puis, arrêtant sur moi ses prunelles phosphoriques [3], il me dit avec une voix stridente comme le miaulement d'un chat qui vient d'avaler une arête :

« Le vieux Pharaon ne sera pas content, il aimait sa fille, ce cher homme.

– Vous en parlez comme si vous étiez son contemporain ; quoique vieux, vous ne remontez cependant pas aux pyramides d'Égypte », lui répondis-je en riant du seuil de la boutique.

Je rentrai chez moi fort content de mon acquisition.

Pour la mettre tout de suite à profit, je posai le pied de la divine princesse Hermonthis sur une liasse de papier, ébauche de vers, mosaïque indéchiffrable de ratures : articles commencés, lettres oubliées et mises à la poste dans le tiroir, erreur qui arrive souvent aux gens distraits ; l'effet était charmant, bizarre et romantique.

Très satisfait de cet embellissement, je descendis dans la rue, et j'allai me promener avec la gravité convenable et la fierté d'un homme qui a sur tous les passants qu'il coudoie l'avantage ineffable de posséder un morceau de la princesse Hermonthis, fille de Pharaon.

---

1. ***Damas*** : riche étoffe de soie ou de laine.
2. ***Aumônière*** : bourse.
3. ***Prunelles phosphoriques*** : pupilles étincelantes comme le phosphore : un regard diabolique.

Je trouvai souverainement ridicules tous ceux qui ne possédaient pas, comme moi, un serre-papiers aussi notoirement égyptien ; et la vraie occupation d'un homme sensé me paraissait d'avoir un pied de momie sur son bureau.

Heureusement la rencontre de quelques amis vint me distraire de mon engouement de récent acquéreur ; je m'en allai dîner avec eux, car il m'eût été difficile de dîner avec moi.

Quand je revins le soir, le cerveau marbré de quelques veines de gris de perle [1], une vague bouffée de parfum oriental me chatouilla délicatement l'appareil olfactif ; la chaleur de la chambre avait attiédi le natrum, le bitume et la myrrhe [2] dans lesquels les *paraschites* [3] inciseurs de cadavres avaient baigné le corps de la princesse ; c'était un parfum doux quoique pénétrant, un parfum que quatre mille ans n'avaient pu faire évaporer.

Le rêve de l'Égypte était l'éternité : ses odeurs ont la solidité du granit, et durent autant.

Je bus bientôt à pleines gorgées dans la coupe noire du sommeil ; pendant une heure ou deux tout resta opaque, l'oubli et le néant m'inondaient de leurs vagues sombres.

Cependant mon obscurité intellectuelle s'éclaira, les songes commencèrent à m'effleurer de leur vol silencieux.

Les yeux de mon âme s'ouvrirent, et je vis ma chambre telle qu'elle était effectivement : j'aurais pu me croire éveillé, mais une vague perception me disait que je dormais et qu'il allait se passer quelque chose de bizarre.

L'odeur de la myrrhe avait augmenté d'intensité, et je sentais un léger mal de tête que j'attribuais fort raisonnablement à quelques verres de vin de Champagne que nous avions bus aux dieux inconnus et à nos succès futurs.

---

1. ***Le cerveau marbré de quelques veines de gris de perle*** : allusion à l'ivresse procurée par le vin gris bu à dîner ?

2. ***Natrum, bitume, myrrhe*** : substances utilisées par les Égyptiens pour conserver les momies.

3. ***Paraschites*** : prêtres chargés de l'embaumement des momies.

Je regardais dans ma chambre avec un sentiment d'attente que rien ne justifiait ; les meubles étaient parfaitement en place, la lampe brûlait sur la console, doucement estampée par la blancheur laiteuse de son globe de cristal dépoli ; les aquarelles miroitaient sous leur verre de Bohême ; les rideaux pendaient languissamment : tout avait l'air endormi et tranquille.

Cependant, au bout de quelques instants, cet intérieur si calme parut se troubler, les boiseries craquaient furtivement ; la bûche enfouie sous la cendre lançait tout à coup un jet de gaz bleu, et les disques des patères semblaient des yeux de métal attentifs comme moi aux choses qui allaient se passer.

Ma vue se porta par hasard vers la table sur laquelle j'avais posé le pied de la princesse Hermonthis.

Au lieu d'être immobile comme il convient à un pied embaumé depuis quatre mille ans, il s'agitait, se contractait et sautillait sur les papiers comme une grenouille effarée : on l'aurait cru en contact avec une pile voltaïque ; j'entendais fort distinctement le bruit sec que produisait son petit talon, dur comme un sabot de gazelle.

J'étais assez mécontent de mon acquisition, aimant les serre-papiers sédentaires et trouvant peu naturel de voir les pieds se promener sans jambes, et je commençais à éprouver quelque chose qui ressemblait fort à de la frayeur.

Tout à coup je vis remuer le pli d'un de mes rideaux, et j'entendis un piétinement comme d'une personne qui sauterait à cloche-pied. Je dois avouer que j'eus chaud et froid alternativement ; que je sentis un vent inconnu me souffler dans le dos, et que mes cheveux firent sauter, en se redressant, ma coiffure de nuit à deux ou trois pas.

Les rideaux s'entrouvrirent, et je vis s'avancer la figure la plus étrange qu'on puisse imaginer.

C'était une jeune fille, café au lait très foncé, comme la bayadère Amani [1], d'une beauté parfaite et rappelant le type égyptien

---

1. ***La bayadère Amani*** : danseuse et prêtresse orientale.

le plus pur ; elle avait des yeux taillés en amande avec des coins relevés et des sourcils tellement noirs qu'ils paraissaient bleus, son nez était d'une coupe délicate, presque grecque pour la finesse, et l'on aurait pu la prendre pour une statue de bronze de Corinthe, si la proéminence des pommettes et l'épanouissement un peu africain de la bouche n'eussent fait reconnaître, à n'en pas douter, la race hiéroglyphique des bords du Nil.

Ses bras minces et tournés en fuseau, comme ceux des très jeunes filles, étaient cerclés d'espèces d'emprises de métal et de tours de verroterie ; ses cheveux étaient nattés en cordelettes, et sur sa poitrine pendait une idole en pâte verte que son fouet à sept branches faisait reconnaître pour l'Isis [1], conductrice des âmes ; une plaque d'or scintillait à son front, et quelques traces de fard perçaient sous les teintes de cuivre de ses joues.

Quant à son costume il était très étrange.

Figurez-vous un pagne de bandelettes chamarrées de hiéroglyphes noirs et rouges, empesés de bitume et qui semblaient appartenir à une momie fraîchement démaillottée.

Par un de ces sauts de pensée si fréquents dans les rêves, j'entendis la voix fausse et enrouée du marchand de bric-à-brac, qui répétait, comme un refrain monotone, la phrase qu'il avait dite dans sa boutique avec une intonation si énigmatique : « Le vieux Pharaon ne sera pas content ; il aimait beaucoup sa fille, ce cher homme. »

Particularité étrange et qui ne me rassura guère, l'apparition n'avait qu'un seul pied, l'autre jambe était rompue à la cheville.

Elle se dirigea vers la table où le pied de momie s'agitait et frétillait avec un redoublement de vitesse. Arrivée là, elle s'appuya sur le rebord, et je vis une larme germer et perler dans ses yeux.

Quoiqu'elle ne parlât pas, je discernais clairement sa pensée : elle regardait le pied, car c'était bien le sien, avec une expression de tristesse coquette d'une grâce infinie ; mais le pied sautait et courait çà et là comme s'il eût été poussé par des ressorts d'acier.

1. ***Isis*** : déesse égyptienne, épouse d'Osiris.

Deux ou trois fois elle étendit sa main pour le saisir, mais elle n'y réussit pas.

Alors il s'établit entre la princesse Hermonthis et son pied, qui paraissait doué d'une vie à part, un dialogue très bizarre dans un cophte[1] très ancien, tel qu'on pouvait le parler, il y a une trentaine de siècles, dans les syringes[2] du pays de Ser[3], heureusement que cette nuit-là je savais le cophte en perfection.

La princesse Hermonthis disait d'un ton de voix doux et vibrant comme une clochette de cristal :

« Eh bien ! mon cher petit pied, vous me fuyez toujours, j'avais pourtant bien soin de vous. Je vous baignais d'eau parfumée, dans un bassin d'albâtre ; je polissais votre talon avec la pierre ponce trempée d'huile de palme, vos ongles étaient coupés avec des pinces d'or et polis avec de la dent d'hippopotame, j'avais soin de choisir pour vous des thabebs[4] brodés et peints à pointes recourbées, qui faisaient l'envie de toutes les jeunes filles de l'Égypte ; vous aviez à votre orteil des bagues représentant le scarabée sacré, et vous portiez un des corps les plus légers que puisse souhaiter un pied paresseux. »

Le pied répondit d'un ton boudeur et chagrin :

« Vous savez bien que je ne m'appartiens plus, j'ai été acheté et payé ; le vieux marchand savait bien ce qu'il faisait, il vous en veut toujours d'avoir refusé de l'épouser : c'est un tour qu'il vous a joué.

« L'Arabe qui a forcé votre cercueil royal dans le puits souterrain de la nécropole de Thèbes était envoyé par lui, il voulait vous empêcher d'aller à la réunion des peuples ténébreux[5], dans les cités inférieures. Avez-vous cinq pièces d'or pour me racheter ?

---

1. ***Cophte ou copte*** : égyptien ancien.
2. ***Syringes*** : sépultures de la vallée des Rois, creusées dans le rocher.
3. ***Ser*** : ville d'Arabie.
4. ***Thabebs*** : chaussures de liège richement ornementées.
5. ***Peuples ténébreux, cités inférieures*** : les morts dans les tombes.

– Hélas ! non. Mes pierreries, mes anneaux, mes bourses d'or et d'argent, tout m'a été volé, répondit la princesse Hermonthis avec un soupir.

– Princesse, m'écriai-je alors, je n'ai jamais retenu injustement le pied de personne : bien que vous n'ayez pas les cinq louis qu'il m'a coûtés, je vous le rends de bonne grâce ; je serais désespéré de rendre boiteuse une aussi aimable personne que la princesse Hermonthis. »

Je débitai ce discours d'un ton régence et troubadour qui dut surprendre la belle Égyptienne.

Elle tourna vers moi un regard chargé de reconnaissance, et ses yeux s'illuminèrent de lueurs bleuâtres.

Elle prit son pied, qui, cette fois, se laissa faire, comme une femme qui va mettre son brodequin, et l'ajusta à sa jambe avec beaucoup d'adresse.

Cette opération terminée, elle fit deux ou trois pas dans la chambre, comme pour s'assurer qu'elle n'était réellement plus boiteuse.

« Ah ! comme mon père va être content, lui qui était si désolé de ma mutilation, et qui avait, dès le jour de ma naissance, mis un peuple tout entier à l'ouvrage pour me creuser un tombeau si profond qu'il pût me conserver intacte jusqu'au jour suprême où les âmes doivent être pesées dans les balances de l'Amenthi [1].

« Venez avec moi chez mon père, il vous recevra bien, vous m'avez rendu mon pied. »

Je trouvai cette proposition toute naturelle ; j'endossai une robe de chambre à grands ramages, qui me donnait un air très pharaonesque ; je chaussai à la hâte des babouches turques, et je dis à la princesse Hermonthis que j'étais prêt à la suivre.

Hermonthis, avant de partir, détacha de son col la petite figurine de pâte verte et la posa sur les feuilles éparses qui couvraient la table.

1. ***Amenthi*** : lieu de séjour des âmes avant leur jugement.

« Il est bien juste, dit-elle en souriant, que je remplace votre serre-papiers. »

Elle me tendit sa main, qui était douce et froide comme une peau de couleuvre, et nous partîmes.

Nous filâmes pendant quelque temps avec la rapidité de la flèche dans un milieu fluide et grisâtre, où des silhouettes à peine ébauchées passaient à droite et à gauche.

Un instant, nous ne vîmes que l'eau et le ciel.

Quelques minutes après, des obélisques commencèrent à pointer, des pylônes, des rampes côtoyées de sphinx se dessinèrent à l'horizon.

Nous étions arrivés.

La princesse me conduisit devant une montagne de granit rose, où se trouvait une ouverture étroite et basse qu'il eût été difficile de distinguer des fissures de la pierre si deux stèles[1] bariolées de sculptures ne l'eussent fait reconnaître.

Hermonthis alluma une torche et se mit à marcher devant moi.

C'étaient des corridors taillés dans le roc vif ; les murs, couverts de panneaux de hiéroglyphes et de processions allégoriques, avaient dû occuper des milliers de bras pendant des milliers d'années ; ces corridors, d'une longueur interminable, aboutissaient à des chambres carrées, au milieu desquelles étaient pratiqués des puits, où nous descendions au moyen de crampons ou d'escaliers en spirale ; ces puits nous conduisaient dans d'autres chambres, d'où partaient d'autres corridors également bigarrés d'éperviers, de serpents roulés en cercle, de tau[2], de pedum[3], de bari[4] mystique, prodigieux travail que nul œil

1. ***Stèles*** : pierres funéraires souvent couvertes d'inscriptions.

2. ***Tau*** : instrument sacré, symbole d'immortalité, que certaines divinités égyptiennes portaient à la main.

3. ***Pedum*** : sceptre attribué à la plupart des dieux.

4. ***Bari*** : barque transportant l'âme des morts vers l'Amenthi, où elles seront jugées.

vivant ne devait voir, interminables légendes de granit que les morts avaient seuls le temps de lire pendant l'éternité.

Enfin, nous débouchâmes dans une salle si vaste, si énorme, si démesurée, que l'on ne pouvait en apercevoir les bornes ; à perte de vue s'étendaient des files de colonnes monstrueuses entre lesquelles tremblotaient de livides étoiles de lumière jaune : ces points brillants révélaient des profondeurs incalculables.

La princesse Hermonthis me tenait toujours par la main et saluait gracieusement les momies de sa connaissance.

Mes yeux s'accoutumaient à ce demi-jour crépusculaire, et commençaient à discerner les objets.

Je vis, assis sur des trônes, les rois des races souterraines : c'étaient de grands vieillards secs, ridés, parcheminés, noirs de naphte et de bitume, coiffés de pschents [1] d'or, bardés de pectoraux et de hausse-cols [2], constellés de pierreries avec des yeux d'une fixité de sphinx et de longues barbes blanchies par la neige des siècles : derrière eux, leurs peuples embaumés se tenaient debout dans les poses roides et contraintes de l'art égyptien, gardant éternellement l'attitude prescrite par le codex hiératique [3] ; derrière les peuples miaulaient, battaient de l'aile et ricanaient les chats, les ibis et les crocodiles contemporains, rendus plus monstrueux encore par leur emmaillotage de bandelettes.

Tous les Pharaons étaient là, Chéops, Chephrenès, Psammetichus, Sésostris, Amenoteph ; tous les noirs dominateurs des pyramides et des syringes ; sur une estrade plus élevée siégeaient le roi Chronos et Xixouthros, qui fut contemporain du déluge, et Tubal Caïn, qui le précéda.

La barbe du roi Xixouthros avait tellement poussé qu'elle avait déjà fait sept fois le tour de la table de granit sur laquelle il s'appuyait tout rêveur et tout somnolent.

---

1. ***Pschents*** : coiffures des pharaons.
2. ***Pectoraux et hausse-cols*** : ornements des pharaons.
3. ***Codex hiératique*** : style, attitudes fixés par la tradition religieuse égyptienne.

Plus loin, dans une vapeur poussiéreuse, à travers le brouillard des éternités, je distinguais vaguement les soixante-douze rois préadamites [1] avec leurs soixante-douze peuples à jamais disparus.

Après m'avoir laissé quelques minutes pour jouir de ce spectacle vertigineux, la princesse Hermonthis me présenta au Pharaon son père, qui me fit un signe de tête fort majestueux.

« J'ai retrouvé mon pied ! j'ai retrouvé mon pied ! criait la princesse en frappant ses petites mains l'une contre l'autre avec tous les signes d'une joie folle, c'est monsieur qui me l'a rendu. »

Les races de Kémé, les races de Nahasi, toutes les nations noires, bronzées, cuivrées, répétaient en chœur :

« La princesse Hermonthis a retrouvé son pied. »

Xixouthros lui-même s'en émut :

Il souleva sa paupière appesantie, passa ses doigts dans sa moustache, et laissa tomber sur moi son regard chargé de siècles.

« Par Oms, chien des enfers, et par Tmeï, fille du Soleil et de la Vérité, voilà un brave et digne garçon, dit le Pharaon en étendant vers moi son sceptre terminé par une fleur de lotus.

« Que veux-tu pour ta récompense ? »

Fort de cette audace que donnent les rêves, où rien ne paraît impossible, je lui demandai la main d'Hermonthis : la main pour le pied me paraissait une récompense antithétique d'assez bon goût.

Le Pharaon ouvrit tout grands ses yeux de verre, surpris de ma plaisanterie et de ma demande.

« De quel pays es-tu et quel est ton âge ?

– Je suis français, et j'ai vingt-sept ans, vénérable Pharaon.

– Vingt-sept ans ! et il veut épouser la princesse Hermonthis, qui a trente siècles ! », s'écrièrent à la fois tous les trônes et tous les cercles des nations.

Hermonthis seule ne parut pas trouver ma requête inconvenante.

---

1. ***Préadamites*** : peuples antérieurs à Adam selon certaines croyances.

« Si tu avais seulement deux mille ans, reprit le vieux roi, je t'accorderais bien volontiers la princesse, mais la disproportion est trop forte, et puis il faut à nos filles des maris qui durent, vous ne savez plus vous conserver : les derniers qu'on a apportés il y a quinze siècles à peine, ne sont plus qu'une pincée de cendre ; regarde, ma chair est dure comme du basalte, mes os sont des barres d'acier.

« J'assisterai au dernier jour du monde avec le corps et la figure que j'avais de mon vivant ; ma fille Hermonthis durera plus qu'une statue de bronze.

« Alors le vent aura dispersé le dernier grain de ta poussière, et Isis elle-même, qui sut retrouver les morceaux d'Osiris[1], serait embarrassée de recomposer ton être.

« Regarde comme je suis vigoureux encore et comme mes bras tiennent bien », dit-il en me secouant la main à l'anglaise, de manière à me couper les doigts avec mes bagues.

Il me serra si fort que je m'éveillai, et j'aperçus mon ami Alfred qui me tirait par le bras et me secouait pour me faire lever.

« Ah çà ! enragé dormeur, faudra-t-il te faire porter au milieu de la rue et te tirer un feu d'artifice aux oreilles ?

« Il est plus de midi, tu ne te rappelles donc pas que tu m'avais promis de venir me prendre pour aller voir les tableaux espagnols de M. Aguado ?

– Mon Dieu ! je n'y pensais plus, répondis-je en m'habillant ; nous allons y aller : j'ai la permission ici sur mon bureau. »

Je m'avançai effectivement pour la prendre ; mais jugez de mon étonnement lorsque, à la place du pied de momie que j'avais acheté la veille, je vis la petite figurine de pâte verte mise à sa place par la princesse Hermonthis !

---

1. ***Osiris*** : dieu égyptien, découpé en quatorze morceaux par son frère Seth ; il fut ressuscité par Isis qui rassembla treize de ces morceaux.

DOSSIER

- Êtes-vous un lecteur attentif ?
- À chaque conte son narrateur
- Voyages dans l'espace et dans le temps
- Explicable ou inexplicable ?
- Retrouvez le fil de l'histoire
- Enquête sur d'étranges événements
- Quatre « mortes amoureuses » : anges ou démons ?
- Doubles imaginaires
- Mais tout cela est-il bien sérieux ?
- Bilan

Êtes-vous un lecteur attentif ?

1. Théophile Gautier a vécu...

A. sous l'Ancien Régime, à l'époque de la Régence
B. au XIXe siècle

2. Avant de devenir écrivain, il se destinait...

A. à la peinture
B. à l'Histoire

3. En 1830, Gautier et les jeunes romantiques participent à une célèbre bataille :

A. la bataille d'Hernani
B. la bataille de Waterloo

4. Les romans gothiques, qu'ils découvrent avec enthousiasme, sont...

A. des romans du Moyen Âge
B. des romans noirs fantastiques anglais

5. Mais la principale influence que subit Gautier dans ses récits fantastiques est celle...

A. des *Contes* d'Hoffmann
B. des *Histoires extraordinaires* d'Edgar Poe

À chaque conte son narrateur

Saurez-vous retrouver le conte dans lequel le héros-narrateur s'exprime ainsi ?

1. « L'année dernière, je fus invité, ainsi que deux de mes camarades d'atelier... » •
2. « J'ai mené en rêve [...] une vie de damné, une vie de mondain et de Sardanapale. » •
3. « Je venais de sortir du collège. J'étais plein de rêves et d'illusions. » •
4. « J'étais entré par désœuvrement chez un de ces marchands de curiosités. » •

- *La Cafetière*
- *Omphale*
- *Le Pied de Momie*
- *La Morte amoureuse*

Voyages dans l'espace et dans le temps

Complétez les textes (p. 105) à l'aide des éléments suivants et trouvez à quel conte appartient chacune de ces phrases.

Régence – la nuit – Normandie – XVIIIe siècle –
Égypte – Antiquité – plusieurs nuits consécutives –
un presbytère – un pavillon – une chambre –
XIXe siècle – la nuit pendant trois ans – Venise –
la nuit suivante – Paris

1. Nous sommes au .... siècle, à Paris. Un jour, le narrateur entre chez un antiquaire à qui il achète un pied de momie. La ...., la jeune princesse égyptienne, à qui appartenait le pied, lui apparaît. Il se trouve transporté dans l'............ en ....

Conte : ....

2. Nous sommes au .... siècle, en .... Le héros est logé dans une .... richement décorée. Pendant .... les personnages de la tapisserie et des portraits suspendus au mur prennent vie ; les objets s'animent. Le narrateur se trouve transporté à l'époque de la .... et participe à une soirée mondaine.

Conte : ....

3. Nous sommes au .... siècle, à .... Le narrateur est logé dans un .... délabré au fond d'un jardin. Une grande tapisserie datant de l'époque de la .... orne les murs, représentant Omphale et Hercule. Pendant .... Omphale quitte la tapisserie pour séduire le narrateur.

Conte : ....

4. Nous sommes au............ siècle dans une ville indéterminée, puis dans un .... Au moment où il va être ordonné prêtre, Romuald est subjugué par l'apparition d'une femme qui lui réapparaît ensuite .... Transporté à .... et au .... siècle, il en découvrira les charmes avec elle.

Conte : ....

Explicable ou inexplicable ?

Voici quatre dénouements. Retrouvez pour chacun d'eux le récit dont il est issu. Jugez si ces dénouements sont explicables, inexplicables ou incertains.

1. Le narrateur se réveille au pied de son lit, en costume ancien, serrant dans ses bras un morceau de cafetière brisée. Il apprend ensuite qu'Angela est morte deux ans plus tôt d'une fluxion de poitrine.

Titre du récit : ....

Ce dénouement est-il :

A. explicable
B. inexplicable
C. incertain

2. Le narrateur est renvoyé par son oncle chez ses parents. Il retrouve plus tard la fameuse tapisserie chez un antiquaire mais quand il veut l'acquérir, elle a disparu, achetée par un autre amateur.

Titre du récit : ....

Ce dénouement est-il :

A. explicable
B. inexplicable
C. incertain

3. Réveillé par un ami, le narrateur découvre sur son bureau la figurine de pâte verte offerte par la momie en échange de son pied.

Titre du récit : ....

Ce dénouement est-il :

A. explicable
B. inexplicable
C. incertain

4. L'abbé Sérapion déterre devant Romuald le cadavre de Clarimonde qui tombe en poussière au contact de l'eau bénite.

Titre du récit : ....

Ce dénouement est-il :

A. explicable
B. inexplicable
C. incertain

Retrouvez le fil de l'histoire

La Morte amoureuse

1. Le héros-narrateur attend le jour de son ordination...

A. avec une morne résignation
B. plein de joie et d'impatience
C. dans l'angoisse

2. Dans l'église, un premier regard sur la belle inconnue provoque en lui...

A. un éblouissement
B. un vertige et des palpitations
C. la sensation d'un aveugle qui recouvrerait la vue

3. Au moment de prononcer ses vœux de prêtre...

A. il reste muet
B. il crie non
C. il dit oui malgré lui

4. La belle inconnue lui fait parvenir un mystérieux message :

A. un billet doux
B. son nom et son adresse dans un petit portefeuille
C. un médaillon renfermant son portrait

5. Romuald quitte la ville...

A. parce qu'il est nommé curé d'un petit village
B. pour fuir Clarimonde et la tentation
C. pour faire retraite dans un monastère

6. Il se rend pourtant une nuit dans le palais de Clarimonde :

A. celle-ci l'a invité à un bal masqué
B. elle est mourante : il doit lui donner les derniers sacrements
C. il va célébrer ses obsèques

7. Dans la chambre mortuaire de Clarimonde, Romuald...

A. saisi de terreur, s'enfuit et regagne sa cure
B. reste pétrifié d'horreur devant le cadavre de celle qu'il aimait
C. donne un baiser à la morte qui se ranime et lui déclare sa passion

8. Quelque temps plus tard, Clarimonde lui rend une visite nocturne...

A. Il la repousse alors comme un démon tentateur
B. Il cède à la passion et accepte de partir avec elle
C. Il pense que c'est un rêve ou une hallucination et replonge dans le sommeil

9. À Venise, ils filent le parfait amour mais Romuald fait une découverte troublante :

A. quand elle le croit endormi, Clarimonde se métamorphose en une vieille femme édentée
B. Elle se rend secrètement auprès d'un gentilhomme vénitien
C. Elle suce avidement son sang

10. Aux grands maux les grands remèdes !

A. L'abbé Sérapion organise une cérémonie d'exorcisme dans la chambre de Romuald
B. Il l'emmène sur la tombe de Clarimonde dont le cadavre se décompose au contact de l'eau bénite
C. Il l'envoie en mission en Extrême-Orient

Enquête sur d'étranges événements

La Cafetière

Dans les premières pages du récit, un certain nombre d'événements se produisent. Repérez ceux qui vous paraissent naturels et ceux qui vous semblent étranges.

	Naturel	Étrange
1. Le narrateur est invité à passer quelques jours en Normandie avec des camarades.		
2. Le temps change subitement ; il tombe des pluies diluviennes.		
3. Dans la chambre, inoccupée depuis longtemps, où loge le narrateur, la table de toilette semble « avoir servi la veille », la tabatière est « pleine de tabac encore frais ».		
4. Il sent en entrant dans cette chambre « comme un frisson de fièvre ».		
5. Son lit s'agite sous lui « comme une vague ».		
6. Le feu jette « des reflets rougeâtres dans l'appartement » et éclaire les personnages de la tapisserie et des portraits.		
7. Tout à coup le feu prend « un étrange degré d'activité ; une lueur blafarde illumine la chambre... »		
8. Les personnages des portraits s'animent, semblent parler mais le narrateur n'entend que « le tic-tac de la pendule et le sifflement de la bise d'automne ».		
9. Les bougies s'allument toutes seules.		
10. Une cafetière se jette « en bas d'une table où elle était posée ». Puis « les fauteuils commencent à s'ébranler... »		

Face à ces événements, le narrateur éprouve-t-il...

A. de la curiosité
B. de la surprise
C. de la terreur

Quatre « mortes amoureuses » : anges ou démons ?

Attribuez à chaque héroïne des quatre contes les caractéristiques qui lui correspondent et indiquez quelles réactions elle provoque chez le narrateur.

Portrait physique

– « une jeune fille, café au lait très foncé »
– « une peau d'une blancheur éblouissante [...] des prunelles bleues, si claires, si transparentes »
– un front d'une « blancheur bleuâtre, des prunelles vert de mer d'une vivacité et d'un éclat insoutenables »
– « une belle et charmante femme réelle », « sa bouche se plissait et faisait une délicieuse petite moue ».

Type de femme

– la courtisane, la femme vampire
– la princesse lointaine, la beauté exotique
– la séductrice, coquette, enjôleuse
– la femme angélique, beauté idéale mais fragile.

Réactions du narrateur

– la frayeur d'abord, puis il « perd la tête » !
– « joie ineffable » puis désenchantement
– fascination et culpabilité. Perte de son identité
– il confond le rêve et la réalité
– frayeur puis dépaysement, amusement.

Angéla

Portrait physique : ....
Type féminin : ....
Réactions du narrateur : ....

La marquise de T.

Portrait physique : ....
Type féminin : ....
Réactions du narrateur : ....

Clarimonde

Portrait physique : ....
Type féminin : ....
Réactions du narrateur : ....

Hermonthis

Portrait physique : ....
Type féminin : ....
Réactions du narrateur : ....

Ces femmes entre deux mondes, celui des vivants et celui des morts, qui se trouvent « réveillées » par l'amour, ne vous évoquent-elles pas les héroïnes de mythes ou contes célèbres ?
Retrouvez-en deux ou trois.

....
....
....

Doubles imaginaires

Nerval, qui était un grand ami de Théophile Gautier, écrit dans *Aurélia* que « le rêve est une seconde vie » : reliez chaque personnage à son double imaginaire.

Un jeune artiste épuisé et très imaginatif •	• « Un gentilhomme insolent et libertin qui joue un jeu d'enfer »
Un pauvre écolier de dix-sept ans qui se cache sous ses couvertures •	• En robe de chambre et babouches, il demande au pharaon la main de sa fille
Un petit curé de campagne •	• Le jeune amant empressé d'Antoinette
Un amateur d'antiquités un peu excentrique •	• Un brillant danseur de menuet

À votre tour, présentez-vous :

....

Et votre double imaginaire ?

....

Mais tout cela est-il bien sérieux ?

Gautier pratique volontiers différents types d'humour. Les phrases suivantes en sont un exemple. À quel type d'humour correspondent-elles ? (Plusieurs réponses possibles pour certaines phrases.)

	Types d'humour		
	Parodie, pastiche imitation moqueuse d'un genre, d'un style que l'auteur ne prend pas tout à fait au sérieux.	**Ironie** clin d'œil du narrateur et complicité malicieuse de l'auteur avec son lecteur.	**Fantaisie verbale** jeux de mots, images et comparaisons insolites et cocasses.
1. « Je ne suis plus assez jeune ni assez joli garçon pour que les tapisseries descendent du mur en mon honneur. »			
2. « Le soufflet [...] se prit à souffler le feu en râlant comme un vieillard asthmatique. »			
3. « Si le bonhomme avait pu prévoir que j'embrasserais la profession de conteur fantastique, nul doute qu'il ne m'eût mis à la porte et déshérité irrévocablement. »			
4. « Satan a la griffe longue... »			
5. « Fort de cette audace que donnent les rêves où rien ne paraît impossible, je lui demandai la main d'Hermonthis : la main pour le pied me paraissait une récompense antithétique d'assez bon goût. »			
6. « Elle avalait le sang par petites gorgées [...] comme un gourmet qui savoure un vin de Xérès ou de Syracuse. »			

Bilan

Comment définiriez-vous un récit fantastique de Gautier ? Est-ce...

A. une histoire totalement invraisemblable
B. une histoire étrange mais possible
C. une histoire où le réel et l'imaginaire, le sérieux et l'humour sont étroitement mêlés

Notes et citations

→ prête de campagne de 66 ans

Un homme parle à quelqu'un qu'on ne connais pas (frère)

Il a toujours voulu être prête, trouve que c'est la plus belle chose au monde...

Hélas, lors de sa cérémonie, il tombe eperdument amoureux d'une femme (Clarimonde) mais ne peut plus la voir car il vient de devenir petre

Notes et citations

Notes et citations

Les classiques et les contemporains dans la même collection

ANDERSEN
La Petite Fille et les allumettes et autres contes (171)

APULÉE
Amour et Psyché (2073)

ASIMOV
Le Club des Veufs noirs (314)

AUCASSIN ET NICOLETTE (43)

BALZAC
Le Bal de Sceaux (132)
Le Chef-d'œuvre inconnu (2208)
Le Colonel Chabert (2007)
Ferragus (48)
La Maison du chat-qui-pelote (2027)
La Vendetta (28)

BARBEY D'AUREVILLY
Les Diaboliques – Le Rideau cramoisi, Le Bonheur dans le crime (2190)

BARRIE
Peter Pan (2179)

BAUDELAIRE
Les Fleurs du mal (2115)

BAUM (L. FRANK)
Le Magicien d'Oz (315)

LA BELLE ET LA BÊTE ET AUTRES CONTES (90)

BERBEROVA
L'Accompagnatrice (6)

BERNARDIN DE SAINT-PIERRE
Paul et Virginie (2170)

LA BIBLE
Histoire d'Abraham (2102)
Histoire de Moïse (2076)

BOVE
Le Crime d'une nuit. Le Retour de l'enfant (2201)

BRADBURY
L'Heure H et autres nouvelles (2050)
L'Homme brûlant et autres nouvelles (2110)

CARRIÈRE (JEAN-CLAUDE)
La Controverse de Valladolid (164)

CARROLL
Alice au pays des merveilles (2075)

CHAMISSO
L'Étrange Histoire de Peter Schlemihl (174)

LA CHANSON DE ROLAND (2151)

CHATEAUBRIAND
Mémoires d'outre-tombe (101)

CHEDID (ANDRÉE)
L'Enfant des manèges et autres nouvelles (70)
Le Message (310)

CHRÉTIEN DE TROYES
Lancelot ou le Chevalier de la charrette (116)
Perceval ou le Conte du graal (88)
Yvain ou le Chevalier au lion (66)

CLAUDEL (PHILIPPE)
Les Confidents et autres nouvelles (246)

COLETTE
Le Blé en herbe (257)

COLLODI
Pinocchio (2136)

CORNEILLE
Le Cid (2018)

DAUDET
Aventures prodigieuses de Tartarin de Tarascon (2210)
Lettres de mon moulin (2068)

DEFOE
Robinson Crusoé (120)

DIDEROT
Jacques le Fataliste (317)
Le Neveu de Rameau (2218)
Supplément au Voyage de Bougainville (189)

DOYLE
Le Dernier Problème. La Maison vide (64)
Trois Aventures de Sherlock Holmes (37)

DUMAS
Le Comte de Monte-Cristo (85)
Pauline (233)
Les Trois Mousquetaires, t. 1 et 2 (2142 et 2144)

FABLIAUX DU MOYEN ÂGE (71)

LA FARCE DE MAÎTRE PATHELIN (3)

LA FARCE DU CUVIER ET AUTRES FARCES DU MOYEN ÂGE (139)

FERNEY (ALICE)
Grâce et Dénuement (197)

FLAUBERT
La Légende de saint Julien l'Hospitalier (111)
Un cœur simple (47)

GAUTIER
Le Capitaine Fracasse (2207)
La Morte amoureuse. La Cafetière et autres nouvelles (2025)

GOGOL
Le Nez. Le Manteau (5)

GRAFFIGNY (MME DE)
Lettres d'une péruvienne (2216)

GRIMM
Le Petit Chaperon rouge et autres contes (98)

GRUMBERG (JEAN-CLAUDE)
L'Atelier (196)

HOFFMANN
L'Enfant étranger (2067)
L'Homme au Sable (2176)
Le Violon de Crémone. Les Mines de Falun (2036)

HOLDER (ÉRIC)
Mademoiselle Chambon (2153)

HOMÈRE
Les Aventures extraordinaires d'Ulysse (2225)
L'Iliade (2113)
L'Odyssée (125)

HUGO
Claude Gueux (121)
Le Dernier Jour d'un condamné (2074)
Les Misérables, t. 1 et 2 (96 et 97)
Notre-Dame de Paris (160)
Poésies 1. Enfances (2040)
Poésies 2. De Napoléon Ier à Napoléon III (2041)
Quatrevingt-treize (241)
Le roi s'amuse (307)
Ruy Blas (243)

JAMES
Le Tour d'écrou (236)

JARRY
Ubu Roi (2105)

KAFKA
La Métamorphose (83)

LABICHE
Un chapeau de paille d'Italie (114)

LA BRUYÈRE
Les Caractères (2186)

MME DE LAFAYETTE
La Princesse de Clèves (308)

LA FONTAINE
Le Corbeau et le Renard et autres fables – *Nouvelle édition des* Fables (319)

LAROUI (FOUAD)
L'Oued et le Consul et autres nouvelles (239)

LE FANU (SHERIDAN)
Carmilla (313)

LEROUX
Le Mystère de la Chambre Jaune (103)
Le Parfum de la dame en noir (2202)

LOTI
Le Roman d'un enfant (94)

MARIE DE FRANCE
Lais (2046)

MATHESON (RICHARD)
Au bord du précipice et autres nouvelles (178)
Enfer sur mesure et autres nouvelles (2209)

MAUPASSANT
Boule de suif (2087)
Le Horla et autres contes fantastiques (11)
Le Papa de Simon et autres nouvelles (4)
La Parure et autres scènes de la vie parisienne (124)
Toine et autres contes normands (312)

MÉRIMÉE
Carmen (145)
Mateo Falcone. Tamango (104)
La Vénus d'Ille et autres contes fantastiques (2)

LES MILLE ET UNE NUITS
Ali Baba et les quarante voleurs (2048)
Le Pêcheur et le Génie. Histoire de Ganem (2009)
Sindbad le marin (2008)

MOLIÈRE
L'Avare (2012)
Le Bourgeois gentilhomme (133)
L'École des femmes (2143)
Les Femmes savantes (2029)
Les Fourberies de Scapin (10)
George Dandin (60)
Le Malade imaginaire (2017)
Le Médecin malgré lui (2089)
Le Médecin volant. La Jalousie du Barbouillé (242)
Les Précieuses ridicules (2061)

MONTESQUIEU
Lettres persanes (95)

MUSSET
Il faut qu'une porte soit ouverte ou fermée. Un caprice (2149)
On ne badine pas avec l'amour (2100)

OVIDE
Les Métamorphoses (92)

PASCAL
Pensées (2224)

PERRAULT
Contes – *Nouvelle édition* (65)

PIRANDELLO
Donna Mimma et autres nouvelles (240)
Six Personnages en quête d'auteur (2181)

POE
Le Chat noir et autres contes fantastiques (2069)
Double Assassinat dans la rue Morgue. La Lettre volée (45)

POUCHKINE
La Dame de pique et autres nouvelles (19)

PRÉVOST
Manon Lescaut (309)

PROUST
Combray (117)

RABELAIS
Gargantua (2006)
Pantagruel (2052)

RÉCITS DE VOYAGE
Le Nouveau Monde (Jean de Léry, 77)
Les Merveilles de l'Orient (Marco Polo, 2081)

RENARD
Poil de Carotte (2146)

ROBERT DE BORON
Merlin (80)

ROMAINS
L'Enfant de bonne volonté (2107)

LE ROMAN DE RENART (2014)

ROSNY AÎNÉ
La Mort de la terre (2063)

ROSTAND
Cyrano de Bergerac (112)

ROUSSEAU
Les Confessions (238)

SAND
Les Ailes de courage (62)
Le Géant Yéous (2042)

SAUMONT (ANNIE)
Aldo, mon ami et autres nouvelles (2141)
La guerre est déclarée et autres nouvelles (223)

SÉVIGNÉ (MME DE)
Lettres (2166)

SHAKESPEARE
Macbeth (215)
Roméo et Juliette (118)

SHELLEY (MARY)
Frankenstein (128)

STENDHAL
Vanina Vanini. Le Coffre et le Revenant (44)

STEVENSON
Le Cas étrange du Dr Jekyll et de M. Hyde (2084)
L'Île au trésor (91)

STOKER
Dracula (188)

SWIFT
Voyage à Lilliput (2179)

TCHÉKHOV
La Mouette (237)
Une demande en mariage et autres pièces en un acte (108)

TITE-LIVE
La Fondation de Rome (2093)

TOURGUÉNIEV
Premier Amour (2020)

Les anthologies dans la même collection

AU NOM DE LA LIBERTÉ
Poèmes de la Résistance (106)

L'AUTOBIOGRAPHIE (2131)

BAROQUE ET CLASSICISME (2172)

LA BIOGRAPHIE (2155)

BROUILLONS D'ÉCRIVAINS
Du manuscrit à l'œuvre (157)

« C'EST À CE PRIX QUE VOUS MANGEZ DU SUCRE... » Les discours sur l'esclavage d'Aristote à Césaire (187)

CEUX DE VERDUN
Les écrivains et la Grande Guerre (134)

LES CHEVALIERS DU MOYEN ÂGE (2138)

CONTES DE L'ÉGYPTE ANCIENNE (2119)

LE CRIME N'EST JAMAIS PARFAIT
Nouvelles policières 1 (163)

DE L'ÉDUCATION
Apprendre et transmettre de Rabelais à Pennac (137)

DES FEMMES (2217)

FAIRE VOIR : QUOI, COMMENT, POUR QUOI ? (320)

FÉES, OGRES ET LUTINS
Contes merveilleux 2 (2219)

LA FÊTE (259)

LES GRANDES HEURES DE ROME (2147)

L'HUMANISME ET LA RENAISSANCE (165)

IL ÉTAIT UNE FOIS
Contes merveilleux 1 (219)

LES LUMIÈRES (158)

LES MÉTAMORPHOSES D'ULYSSE
Réécritures de L'*Odyssée* (2167)

MONSTRES ET CHIMÈRES (2191)

MYTHES ET DIEUX DE L'OLYMPE (2127)

NOIRE SÉRIE...
Nouvelles policières 2 (222)

NOUVELLES DE FANTASY 1 (316)

NOUVELLES FANTASTIQUES 1
Comment Wang-Fô fut sauvé et autres récits (80)

NOUVELLES FANTASTIQUES 2
Je suis d'ailleurs et autres récits (235)

ON N'EST PAS SÉRIEUX QUAND ON A QUINZE ANS Adolescence et littérature (156)

PAROLES DE LA SHOAH (2129)

LA PEINE DE MORT
De Voltaire à Badinter (122)

POÈMES DE LA RENAISSANCE (72)

POÉSIE ET LYRISME (173)

LE PORTRAIT (2205)

RACONTER, SÉDUIRE, CONVAINCRE
Lettres des XVIIe et XVIIIe siècles (2079)

RÉALISME ET NATURALISME (2159)

RISQUE ET PROGRÈS (258)

ROBINSONNADES
De Defoe à Tournier (2130)

LE ROMANTISME (2162)

LE SURRÉALISME (152)

LA TÉLÉ NOUS REND FOUS ! (2221)

TROIS CONTES PHILOSOPHIQUES (311)
Diderot, Saint-Lambert, Voltaire

TROIS NOUVELLES NATURALISTES (2198)
Huysmans, Maupassant, Zola

VIVRE AU TEMPS DES ROMAINS (2184)

VOYAGES EN BOHÈME (39)
Baudelaire, Rimbaud, Verlaine

Création maquette intérieure :
Sarbacane Design.

Composition : IGS-CP.
N° d'édition : L.01EHRN000166.C002
Dépôt légal : septembre 2007

Imprimé en Espagne par Novoprint (Barcelone)